悪役令嬢の
役割は終えました 1

月椿

Tsuki Tsubaki

Regina

レジーナ文庫

登場人物紹介
ヴォルフ
副騎士団長。悪役令嬢
だったレフィーナのことを
嫌っているが……？
レフィーナ（天石《あまいし》雪乃《ゆきの》）
元悪役令嬢で、今は侍女。
前世は日本人だったが、
神様に妹の命を助けてもらう
代わりに異世界に転生した。
天石《あまいし》空音《そらね》
雪乃の妹。
交通事故で亡くなる
運命だったところを
姉の雪乃に救われた。

アレル
小さな妖精。
神様の言葉などを
レフィーナに伝える。
メラファ
お城の侍女。
同室のレフィーナと
すぐに親しくなる。
レオン
王太子。
レフィーナとの
婚約を破棄して
ドロシーと婚約する。
ドロシー
神様に愛された令嬢。
悪役のレフィーナに
いじめられたことで
レオンと親しくなる。
ミリー
野心家の令嬢。
王太子の婚約者だった
レフィーナに
嫌がらせをしていた。

目次

悪役令嬢の役割は終えました1　7
書き下ろし番外編
メラファの話　355

悪役令嬢の役割は終えました 1

「レフィーナ、国王陛下から王太子殿下との婚約の破棄を申し渡された」

レフィーナ・アイフェルリアは父親であるアーヴァスの言葉に、長いまつ毛に縁取《ふちど》られた瞳をゆっくりと瞬《また》かせた。

アーヴァスは心底見損なったぞ、というような表情でレフィーナを見ていたが、本人はというとそんな父の表情も婚約破棄もまったく気にしていなかった。

とはいえ、もちろん表面上はショックを受けた態度を取っている。

「……私も公爵家の当主としてお前をここに置いておくことはできない」

「……お父様……」

もったいぶらないで早くしてほしい、とか思っていることなどおくびにも出さず、レフィーナはうるうると緋色《ひいろ》の瞳を潤《うる》ませた。

そんなレフィーナの内心など知らないアーヴァスは話を続ける。

「そこでお前には公爵家の名を捨て、王城で侍女として働いてもらう。王太子殿下にかけた迷惑の分、働いて返しなさい」

「……はい……？」

「話は以上だ。荷物をまとめて、明日には屋敷を出るように」

戸惑った声を上げたレフィーナは追い立てられるように部屋から出されて、仕方なく自分の部屋に戻ることにした。

細部まで掃除の行き届いた廊下を歩きながらぐるぐると考え、部屋に着くといつもより大きな音を立てて中へと入る。

「アレル……！」

「なんだ、どうしたのだ」

誰もいない部屋で名前を呼べば、ぽんっという軽快な音と共に、四枚羽を背中でパタパタさせた五センチほどの妖精が目の前に現れた。

「ねぇ、婚約破棄されたら国外追放とか田舎《いなか》に引っ込むとかじゃないの……？　なんで王城で侍女をすることに……!?」

「む、それは雪乃《ゆきの》が悪いのだ。微妙な良心から手を出さず罵《ののし》るだけでいじめたから……王たちも、そこまでする必要はないという結論になったようなのだ。まぁ、令嬢としての品性と評判は地に落ちたみたいだが」

「うっ……だって神に愛されているだけあって可愛いんだもの！　あんな子に手を上げるなんて、できないわよ！」

「……まぁ、我々としては契約通りに婚約破棄されてくれたから、手段については何も言うことはないのだ」

アレルの契約という言葉に、レフィーナは遠い過去を思い出すようにそっと目を閉じる。

それは、レフィーナとして生まれるより前のこと。

この世界とは別の世界で雪乃として生きていたときのこと――……

◇

天石《あまいし》雪乃は病院のベッドの上で眠り続ける妹の空音《そらね》の手を握り、唇を噛み締めていた。

交通事故にあった空音は、医者からも覚悟をしておくように告げられるほど重傷で、今も生死の境をさ迷っている。

「どうして……っ」

二十二歳の自分と十歳も離れた妹は雪乃にとって唯一の家族であり、誰よりも愛《いと》しい存在だ。

育ての親であった祖母が亡くなってからは二人で支え合って暮らしてきた。

「私はどうなってもいいから、お願いしますっ。神様、ソラを助けて……っ！」

そんな悲痛な願いが思わず口をついて出た。

最愛の妹である空音が助かるなら、なんでもする。そんな風に思いながら、雪乃はただひたすらに眠る空音の手を握り締め、意識が戻ることを願う。

そんなときだった。不意に誰もいないはずの病室に声が響いたのは。

「ならば、取引をするのだ。天石雪乃」

「えっ……？」

涙に濡れた瞳を瞬《また》かせて顔を上げれば、薄く透《す》けた羽を背に広げた銀色の妖精がそこにいた。

驚きのあまり雪乃は息を呑む。

「な、に」

「我はアレル。異世界より神に遣わされてここに来たのだ」

「神様……？　ソラ……ソラを助けてくれるの……!?」

「まずは落ち着いて話を聞くのだ」

普段ならばこんな不可思議な現象など夢だと思うのだが、今の雪乃にとってそんなことは些細《ささい》な問題だった。

妹が助かるのならばなんでもいいと、すがるように雪乃はアレルを見る。

「……神は気まぐれに人の子を愛する。神に愛された娘は容姿も能力も運も、並外れたものを持って生まれる。その愛娘《まなむすめ》が今、母体のお腹にいるのだ」

「はぁ……？」

突然始まった話に雪乃はポカンとして、戸惑った声を出した。そんな雪乃にアレルは困ったような表情を浮かべて話を続ける。

「とにかく聞くのだ。その愛娘《まなむすめ》は沢山の男性に愛される運命なのだが、その男性の中に王太子がいる。神は愛娘《まなむすめ》の夫にはその王太子が相応《ふさわ》しいだろうと仰《おっしゃ》っていたのだが、その王太子にはもうすぐ生まれる公爵家の娘という婚約者がいる」

「え、生まれる前から婚約者なの？」

「そうなのだ。しかし、その公爵家の娘は魂を持たぬ故《ゆえ》に死して生まれるだろうと神は仰《おっしゃ》った。肉体は人の母親が作り、魂は神がお腹の中にいる子に与えるのだが、魂を宿さぬ子というのが時々いるのだ。そして、そういう子は死して生まれるのだ」

神は王太子と愛娘《まなむすめ》にくっついてほしいが、その王太子には決められた婚約者がいる。

だが、アレルの話を聞く限り、その婚約者である公爵家の娘は死んで生まれるようだ。

それならば婚約はなしになるから問題ないのでは、と雪乃は思う。

「神はその公爵家の娘に王太子と愛娘《まなむすめ》の仲を取り持つ役割を与えたいらしいのだ。いじめられた愛娘《まなむすめ》が王太子に助けてもらい、二人は恋に落ちる……というシナリオが運命的でいいらしいのだ！」

「……つまり、その公爵家の娘は悪役になって愛娘《まなむすめ》をいじめて、それを王太子が助けることで二人は恋に落ちる……ってこと？」

「そうなのだ！」

どんな乙女ゲームだ、と思わず心の中で突っ込んだ雪乃である。

「しかし、公爵家の娘が死んでしまってはそれは叶わない。だから、雪乃には生まれ変わってその令嬢を演じてほしいのだ！」

「……どうして、私なの……？」

「うーむ、簡単に言うと雪乃の魂がその公爵家の娘の肉体に一番合うからなのだ！」

魂云々《うんぬん》は正直よく分からないが、空音が助かるのならばなんでもいいと思う。

雪乃は空音の顔を眺めてからアレルに視線を移す。

「つまり、私はそちらの世界で悪役として、婚約者である王太子とその愛娘《まなむすめ》の仲を取り持てばいいのね？」

「そうなのだ！　あとは、公爵家の娘と王太子の婚約が破棄されれば完璧なのだ！」

「王太子と愛娘《まなむすめ》がくっつくように立ち回って、最終的に婚約破棄にこぎつければいいのね」

　やることをまとめれば、アレルがこくりと頷《うなず》いた。

「あと、重要なことが一つ。雪乃の魂をこの世界から抜き取れば、この世界に存在した天石雪乃という人物は跡形もなく消えるのだ。最初から存在しなかったことになる。……あちらで一生を雪乃ではなく公爵家の娘として生きるしかなくなるのだ」

「それは……ソラの中から私の記憶が消えるってこと……？」

「記憶というよりも存在そのものなのだ。天石雪乃という人物は生まれていないことになる」

「………」

「肉体も魂がなければ消滅する。……神は雪乃が本来この世界で生きるはずだった分の寿命を、空音に移すそうなのだ。そうすれば、ここで死ぬはずだった空音は、雪乃が生きるはずだった寿命の分まで生きられる」

雪乃は眠る空音の頬《ほお》を優しく撫《な》でる。

自分がこの世界で死のうが、空音や皆の記憶から消えようが……この最愛の妹が生きていてくれればそれでいい。

「それでソラが生きられるなら、行くわ」

「うむ。ならば契約なのだ！」

「私はそちらの世界で王太子と愛娘《まなむすめ》の仲を取り持ち、自分は婚約破棄をされる」

「その代わりに我らは空音を助ける。……無事に婚約破棄まで至ったなら、そのときは空音の姿を見せてあげるのだ」

アレルの言葉に雪乃は頷《うなず》いて、空音の手をしっかりと握り締めた。そして最後になるであろう言葉を空音に告げる。

「ソラ、愛してる。一人にしてごめんね……。お姉ちゃんはいなくなるけど、ソラの幸せをどこにいても願ってる」

「……では、行くのだ！」

アレルが声を上げたと同時に雪乃は光に包まれ、その世界から存在ごと消え去った。

そして、アレルと共に異世界へと渡った雪乃の魂は、公爵家の娘であるレフィーナに転生し、愛娘《まなむすめ》と王太子の仲を取り持つために悪役を演じたのだった。

回想を終えたレフィーナは閉じていた目を開いて、アレルを見る。

役割を終えたとき、元の世界に残してきた空音の姿を見せてくれる約束だ。

◇

「……ソラの姿を見せて」

こちらの世界で生まれ直して十六年。十二歳だった空音も今は二十八歳になっているはずだ。

空音が生きていると思えば、十六年間の苦労なんて些細《ささい》なものだった。

アレルはこくりと頷《うなず》くと、部屋にあった姿見に触れる。すると鏡に波紋が広がり、違う世界を映し出した。

「ソラ……」

姿見に映し出された空音の姿を見て、レフィーナの頬《ほお》を涙が流れ落ちる。

大人へと成長した空音は優しそうな男性と共に、ベビーベッドで眠る赤ん坊を見て嬉しそうに微笑んでいた。

「赤ちゃん、可愛い。よかった、幸せそうで」

「……ちゃんと幸せになっているのだ」

「ええ……。……会いたいなぁ……ソラ……ソラ、大好きよ」

姿見に触れながらポロポロと涙を流せば、寂しさに胸が押し潰されそうになる。

レフィーナという名前や体を与えられても、魂は雪乃なのだ。レフィーナの両親も雪乃から見たら他人でしかない。

雪乃にとって本当の家族は空音だけだった。

「雪乃、契約はここまでなのだ。神も喜んでおられた。ここから先の人生は好きに生きるのだ。……元の世界には戻してやれないが……」

「……ええ、分かっているわ」

頷《うなず》いたレフィーナにアレルは少し申し訳なさそうな顔をしてから、すっと姿を消した。それと同時に姿見も元に戻る。

レフィーナは涙を拭《ぬぐ》うと、ぐっと伸びをした。

「暗い気持ち禁止ね。ソラは幸せになったし、私は自由……ではないけど、もう性格偽《いつわ》らなくていいしね！　これからの人生、前向きに生きよう」

目的を果たしたのだから、わざわざ愛娘《まなむすめ》に毒を吐かなくていいし、公爵家からも除籍されたのだから、お嬢様ぶらなくていい。

「侍女だかなんだか知らないけど、やってやるわ」

前世を含めれば庶民として生きてきた方が長かったのだから、働くなんて苦ではない。

むしろ、前の世界の記憶があった分、公爵令嬢の方が辛かった。

精神年齢二十二歳なのに赤ん坊から子供まで演じる苦しさといったら……

愛娘《まなむすめ》をいじめるのも手を上げたら公爵家に迷惑がかかるし、他の令嬢を巻き込むのも可哀想だしと一匹狼《おおかみ》でレフィーナはやりきった。

暴言《ぼうげん》だけなら公爵家の名は傷つくがまだましだろうと毒を吐いていたら、社交界でついたあだ名が毒花《どくばな》。

ほぼ狙い通り自分だけに皺寄《しわよ》せが来たのだから、別にいいのだけれど……まさか城で侍女をやれと言われるとは思わなかった。

「まぁ、いいか。住み込みなら衣食住は保障されるし」

そう呟《つぶや》くと、レフィーナはさっさと部屋にある荷物をまとめ始めたのだった。

◇

翌日、レフィーナは最低限の手荷物と地味な紺色《こんいろ》のワンピース姿で、城門まで来ていた。

いつもは侍女がやってくれる化粧を自分で薄く施《ほどこ》し、丁寧に結い上げていた亜麻色《あまいろ》の髪はシンプルに後ろで一つに結んでいる。

「こんにちは。本日よりお城で侍女として働くことになりました、レフィーナと申します」

城門で身元や用件のチェックをしている騎士に話しかければ、物凄い顔をして詰所《つめしょ》に走り去っていった。

近くにいた他の騎士はレフィーナと目を合わせないように、そっぽを向いている。

まぁ婚約破棄された上に家名も名乗れなくなった令嬢なんて、扱いにくいし関わりたくないんだろう、とレフィーナは呑気《のんき》に考えた。

「これはこれは、レフィーナ・アイフェルリア様」

聞き覚えのある声にそちらを見れば、焦げ茶色の髪に金色の瞳をした男が、その整った顔に侮蔑《ぶべつ》の表情を浮かべながら近づいてきた。

この男は実力一つで王国騎士団の副騎士団長の座を勝ち取ったヴォルフ・ホードンだ。

王太子の護衛も務めるヴォルフは性格の悪いレフィーナのことを目の敵《かたき》にし、王太子や国王にレフィーナとの婚約を取りやめるよう何度も進言していた。

婚約破棄されるのに都合がいいと、レフィーナも思いっきり性格の悪いところをヴォルフに見せていたため、すっかり犬猿《けんえん》の仲だ。

とはいえ、それも今のレフィーナにとってはどうでもいいことである。婚約破棄という目的を果たした今、ヴォルフに食ってかかる必要などないのだ。

「ヴォルフ様。今の私は家名も名乗れないただのレフィーナでございます。身分も副騎士団長様の方が上でございますので、どうぞそのように扱ってくださいませ」

そう言うとレフィーナは、なんのためらいもなくヴォルフに頭を下げた。

ヴォルフはというと、あの高飛車《たかびしゃ》で性格の悪いレフィーナの変わりように目を見開き、口は半開きでポカンとしている。

顔を上げたレフィーナはその間抜けな表情に笑わないよう、きゅっと唇を引き締めた。

せっかくのイケメンが台無しだ、と心の中でヴォルフの鼻を明かした爽快感《そうかいかん》を少し味わいながら、レフィーナはにっこりと笑みを浮かべる。

「門を通ってよろしいでしょうか？」

「………お前、本当にあのレフィーナ嬢か？　まさか、偽者じゃないだろうな」

レフィーナのあまりの変わりように、ヴォルフが本物なのかと疑い始めた。

ここで偽者だと追い出されれば晴れて好き勝手やれるのだが、そうなれば偽者を送り込んだとして公爵家に皺寄《しわよ》せがいくだろう。

仕方なしに、レフィーナは演じていた悪役令嬢の仮面を引っ張り出してくることにした。

「あら、副騎士団長様は私《わたくし》ほどの令嬢が他にいるとでも？　このレフィーナ、そんな方は見たことありませんわ。だって私《わたくし》がこの世で一番美しいですもの」

いつもなら扇《おうぎ》で口元を隠しながら言うのだが、そんなものはないので、ついっと顎《あご》を上げて自信満々に言い放つ。

そうすれば嫌なものを見た、とでもいうようにヴォルフは顔を歪《ゆが》めた。

いつもレフィーナと出会ったときにする顔だ。

「この、猫かぶりが」

「……信じていただけないようでしたので」

「……せいぜい侍女長にイビられ、針のむしろのような場所で改心することだな」

「ご忠告痛み入ります」

再び素《す》に戻れば気持ち悪そうな顔で見られて、思わず苦笑いがこぼれる。

まぁ、悪役令嬢だったレフィーナの嫌な部分を誰よりも見てきたのだから仕方ないだろう。

改心と言われても悪役令嬢は演技でこちらが素《す》なのだが、そんなことを言えるはずもなく、レフィーナはぺこりと頭を下げて城内へと足を踏み入れた。

「……って、なんでついてくるんですか」

「不本意ながらお前の案内を任されているからな。不本意ながら」

「……わざわざ二回も言わなくてもいい気がするけど……」

「何か言ったか？」

「いえ、何も言っておりませんが？」

レフィーナはヴォルフに向かってにっこりと笑みを浮かべた。

この嫌いだという感情を隠そうともしないヴォルフのことが、レフィーナとしては清々《すがすが》しくて嫌いではなく、どちらかというと友達になったら楽しそうだと思う。

まぁ、この嫌われようでは無理だろうが。

そんなことを考えていればいつの間にか、目的の場所に到着したらしい。

「侍女長。レフィーナ嬢をお連れしました」

侍女長に与えられた部屋をノックしながらヴォルフが声をかけると、少し間を置いて中から返事があった。

返事を聞いたヴォルフはレフィーナを押し込むように部屋に入れ、バタンと扉を閉めてさっさと立ち去ってしまう。

「あなたがあの……」

「初めまして、レフィーナと申します。よろしくお願いいたします」

眉をひそめた侍女長に丁寧にお辞儀《じぎ》をすれば、侍女長は先ほどのヴォルフと同じようにポカンとした表情を浮かべた。

しかし、レフィーナと目が合うと、わざとらしく咳払《せきばら》いをして眉と目尻をつり上げた。

なるほど、中々に厳しそうな人だな、とレフィーナは冷静に観察する。

前の世界で働いていた会社のお局《つぼね》様と同じ表情をするこの侍女長を、怒らせたら面倒な人に分類したのだった。

「では、レフィーナ。あなたはもう令嬢ではありません。侍女見習いとして他の者と同じように扱います」

「はい」

レフィーナは侍女長の言葉に素直に頷《うなず》いた。

社交界で毒花《どくばな》とまで言われたレフィーナと、今の素直で落ち着いているレフィーナが同じ人物に見えない様子の侍女長に、ヴォルフのときと同じように笑いを噛み殺す。

少し引きつった顔のレフィーナには気づかず、侍女長はくるりと背を向けた。

「……あなたの部屋に案内します」

「はい、よろしくお願いいたします」

「……なんだか、拍子抜けだわ……」

小さく聞こえた言葉に今度は苦笑いを浮かべる。

侍女長は高飛車《たかびしゃ》でわがまま放題の令嬢の根性を叩き直す気満々で待っていたのだろう。

あの、副騎士団長のヴォルフのように。

しかし、演技をやめたレフィーナはちゃんとしているため、随分と拍子抜けしたようだ。

恰幅《かっぷく》のいい侍女長の後について歩いていれば、いたるところから嫌悪の視線がレフィーナに突き刺さる。

もちろんそんなものなど予想済みのレフィーナは気にすることなく、シャンと背筋を伸ばして歩いた。

「……ここがあなたの部屋です」

案内されたのは、いくつもの部屋が並ぶ廊下の一番奥にある部屋だった。

侍女長が扉を開けて中に入ったのでレフィーナも続いて入れば、先に部屋にいた一人の少女と目が合う。

赤色の髪を三つ編みにしている少女は、髪と同じ赤い瞳をパチパチとさせてから、慌てて頭を下げた。

「レフィーナ、あなたにはこの子と一緒にこの部屋で過ごしていただきます。他の侍女見習いも皆二人部屋ですから、あなたも特別扱いはいたしません」

「はい」

侍女長に返事をしたレフィーナは、少女の方に向き直る。

「レフィーナと申します。お名前を伺《うかが》ってもよろしいでしょうか？」

「あっ！　すみませんっ!!　メラファ・アンクルと申します！」

「メラファの方が先輩なので、レフィーナはメラファの言うことを聞くように。いいですね」

「はい」

狭い部屋でメラファと同室と言われても文句の一つも言わない元公爵令嬢を、侍女長は不気味そうに見てから部屋を出ていった。

レフィーナはぐるりと部屋を見回してから、おどおどしているメラファを見てにっこりと笑みを浮かべる。

「ひっ！」

目が合って怯《おび》えた声を出すメラファに、レフィーナは少し申し訳なくなって、荷物を持って使われていない方のベッドに向かった。

メラファはレフィーナをどうしていいのか分からずおたおたとしている。

「……メラファさん。私と同じくらいの歳みたいだし、メラファさんの方が先輩なんだから、そんなに怖がらなくてもいいんですよ」

「へっ?」

「もう公爵令嬢でもないし、あなたと同じ侍女見習いですから」

メラファの緊張をほぐすように笑いながら軽い口調で言えば、メラファは視線をさ迷わせてからにっこりと笑みを浮かべた。

「なんだか、噂《うわさ》で聞いていた方とは別人みたい。でも、私はこっちの方が好きだな……」

「ふふっ……もし……ありがとうございます」

「……もし……」

「はい?」

「もし、友達になりたい……なんて言ったら……駄目、かな?」

もじもじしながら赤い顔で言うメラファを、レフィーナは思わずまじまじと見てしまう。

侍女長やヴォルフはレフィーナが猫をかぶっていると思っているようだが、メラファは純粋に受け止めたようだ。

そのことが嬉しくて、レフィーナはふわりと口元を綻《ほころ》ばせた。

「喜んで！」

「か、可愛いっ……！」

「え？」

メラファはなんだか興奮した様子でレフィーナの手を両手で握り締めた。

先ほどまでのおどおどした様子は幻だったのかと思うくらい積極的なメラファを、レフィーナはポカンと見つめるしかない。

「レフィーナさん、今の笑顔もう一度！」

「え、笑顔？」

「はい！　もう一度見たいです！」

瞳をキラキラさせたメラファがグイグイとレフィーナに迫る。

今の笑顔と言われても、無意識に浮かべたものなので自分ではよく分からない。

困ったレフィーナは、いつもの作ったような笑みを浮かべた。

それを見たメラファは酷《ひど》くがっかりとした様子でレフィーナから離れる。

「な、なんか、ごめんなさい」

「あ！　私の方こそ無理を言ってごめんなさい！　……私、可愛いものに目がなくって……いつもおどおどしてるんだけど、可愛いものを見ると……つい周りが見えなくなっちゃって……」

「か、可愛い……？」

「そう！　さっきのレフィーナさんの笑顔、とっても可愛かったの！」

面と向かって可愛いと言われて、レフィーナの頬《ほお》が熱くなった。

褒《ほ》められることに慣れていないレフィーナは戸惑いながら、両手で頬《ほお》を覆《おお》い隠す。

「うん、やっぱり噂《うわさ》なんて当てにならないね。私、レフィーナさんのことをすぐ好きになれたもの！」

「メラファさん……ありがとう。改めてよろしくお願いします」

「はいっ！　大変だけど一緒に頑張ろうね！」

城では敵意しか向けられないだろうと覚悟していたレフィーナは、メラファという友達を得て心からほっとした。

「そういえば、この後ってどうすればいいのか知っていますか？」

少ない荷物を片づけ終えたレフィーナはメラファに尋《たず》ねる。

朝方に城へ到着し、侍女長に連れられてすぐに部屋に来たのだが、この後のことを何も聞いていない。

「あ、この後は私と一緒にお城の中を回るの。仕事でよく使う洗い場とかを教えるね」

「分かりました。よろしくお願いします」

「敬語じゃない方が嬉しいかな……。レフィーナさんがよければ……」

「……うん。じゃあ、二人のときはそうするわね。侍女長の前だと怒られそうだし」

プリプリと怒る侍女長が容易に想像できて、レフィーナは少し笑う。

「笑い事じゃないよー。侍女長に怒られるときは鞭打《むちう》ちつきだもの……。特にレフィーナさんは目をつけられてるから気をつけてね」

「……それは痛そうね……。気をつけることにするわ」

「うん。じゃあ行こう」

レフィーナは頷《うなず》いて、部屋を出ていくメラファについていく。

公爵令嬢であったときも足を運んでいたので分かるところもあるが、使用人と令嬢では使う道が違うため、途中からはまったく知らない廊下を歩いていた。

洗濯場やよく使う井戸などをメラファが丁寧に教えてくれて、その都度レフィーナは頭に叩き込んだ。

「どうかな？　よく使うところはこんな感じなんだけど」

「ええ。大丈夫、覚えたわ」

「本当に!?　……凄いね……私なんて一週間はかかったのに」

「ふふっ、特技なの」

覚えようとしたものはすぐに記憶できるし、動作などは一度見れば完璧に再現できる。

これは雪乃のときにはなく、レフィーナとして生まれ変わってから手に入れたものだ。

おかげで厄介なマナーやダンスも一回でマスターできたので助かっている。

「あっ……王太子殿下……」

広い廊下に出たところでメラファが戸惑い気味に呟《つぶや》いた。

レフィーナがメラファの背中越しに見れば、廊下の奥から王太子でありレフィーナの婚約者であったレオン・ロート・ベルトナが一人の女性と連れ立って歩いてくる。

その女性こそが神の愛娘《まなむすめ》である侯爵令嬢のドロシー・ルイスだ。

仲睦《なかむつ》まじい二人にレフィーナは微笑ましくなるのだが、周りはそうではないらしい。

婚約破棄された気の強い令嬢と彼女を捨てた王太子、そして彼女から何かにつけて難《なん》癖《くせ》をつけられていた令嬢……その三者の鉢合《はちあ》わせに何か起こるのではないかと、その場にいる全員がそわそわとしていた。

「ど、どうしよう……！」

「別にどうもしなくても大丈夫よ」

「え？」

おたおたと慌てるメラファの横に並ぶと、レフィーナはすっと両手を重ね合わせて、なんのためらいもなく頭を下げた。

王太子であるレオンを前にしてこそこそと隠れるのは不敬だし、侍女になったからにはやるべきことをやるしかないのだ。

レオンは頭を下げたレフィーナに気づくと整った眉を跳ね上げ、目の前で足を止めた。

「……レフィーナ」

「はい」

「無様《ぶざま》だね」

冷たい声で一言告げたレオンは隣にいたドロシーをぐいっと抱き寄せる。それはレフィーナではなくドロシーを選んだということを知らしめるための行動だった。レフィーナとの婚約を破棄したことにより二人はなんの障害もなく婚約を交わせたはずだ。

顔を上げることを許されていないレフィーナには、二人の寄り添う姿を見ることはできない。

周りの人間はレフィーナを嘲《あざけ》るような表情で見ていたが、レフィーナ本人はというと、美形同士のイチャイチャを間近で見たい……仲を取り持ったのは自分だし見せてくれてもいいのでは、などと呑気《のんき》に考えていた。

「私はドロシーと婚約することになったよ。君も精々《せいぜい》、その腐った性根を叩き直してもらうことだね」

「レオン殿下！　そのように言っては駄目です！　……レフィーナ様、ごめんなさい……私……」

「いいえ、ドロシー様が謝る必要はございません。すべては私自身のせいなのですから。……ドロシー様、レオン殿下、ご迷惑をおかけしました。そして、ご婚約おめでとうございます」

「レフィーナ様……」

「……行こう、ドロシー」

レフィーナを案じるような様子のドロシーは、彼女のことを気にしつつもレオンと共に歩いていった。

ようやく顔を上げたレフィーナをメラファが気遣わしげに見てきたが、ノーダメージのレフィーナは安心させるように、にこりと笑みを浮かべる。

「あの、嫌じゃないの……？　王太子殿下とドロシー様がその……仲よくなさっていても……」

「ん？　全然？　それより今からお昼よね！」

「え、あぁ……そう、だね。食堂に案内するね」

ケロッとした態度のレフィーナに戸惑いながらも、メラファは食堂へと向かう。レフィーナも昼食を楽しみにしながらメラファの後に続く。

食堂に案内されて中に入ると、お昼時のせいか混雑していた。

レフィーナはメラファと一緒にカウンターへ向かう。

「食堂のメニューは選べなくて、皆一緒のものが出されるの。ここに来たらこうしてトレイに乗ったのをくれるから、それを受け取って空いてる席で食べるの」

メラファに続いて、カウンターから女性が出してくれたトレイを受け取り、レフィーナは緋色《ひいろ》の瞳をキラキラと輝かせた。

「わぁ……！　ね、念願の……」

それはレフィーナがずっと食べたいと願っていたもので、メラファに連れられて空いている席に座るまでずっと、トレイの上の食事に熱い視線を注《そそ》いでいた。

「念願の……和食……！」

そう呟《つぶや》いて、目の前の食事にごくりと唾《つば》を呑み込む。

ホカホカと湯気を立てる炊きたての白米に、豆腐とわかめのお味噌汁。

焼き魚までついたそれはレフィーナが雪乃だったときによく食べていた和食だった。

実はレフィーナが転生したこの世界には和食やら中華やらが存在している。それを知ったレフィーナがアレルにわけを尋《たず》ねたところ、『神の趣味なのだ』と言われて神を讃《たた》えたものだ。

ちなみに味噌や醬油《しょうゆ》などの調味料は隣国で作られているらしく、ちょっと行ってみたいとも思っている。

レフィーナの国では貴族たちはパンや洋風の肉料理が中心で、和食や中華などは下流階級の食べものとされていた。

だから、どれだけ焦がれても貴族であったときは和食を食べることができなかったのだ。

それが今や目の前にある。

「はむっ……、美味《おい》しい、懐かしい、神様ありがとう……！」

十六年ぶりに白米を食べたレフィーナはその味を噛み締めた。雪乃の世界のそれとまったく変わらない味に思わず頰《ほお》が緩《ゆる》む。

「美味《おい》しそうに食べるね」

「だって美味《おい》しいもの。はぁ、ほんと令嬢やめてよかった……」

「そこまで……⁉」

貴族の方がいいものを食べているのに、と隣に座るメラファは目を見開いた。

しかし、本当に幸せそうに食べるレフィーナに、美味《おい》しいならいいかと自分も食べ始める。

「ふっくら艶々《つやつや》のお米にだしのきいたお味噌汁……完璧な和食……」

うっとりとしながら、しっかりと味わって食べていたレフィーナは、後ろから聞こえてきた会話にはっと意識を戻した。

「ヴォルフ、今日、例のお嬢様が来たんだろ？」

「ああ」

「どうだった？　噂《うわさ》の毒花《どくばな》様は！」

食事に夢中で気づかなかったが、どうやら後ろに座っているのはヴォルフと数人の騎士たちだったようだ。

しかも話題が自分のことだと分かると、隣に座っていたメラファもそのことに気づいたようだった。

「別に」

「なんだよ！　そっけないなー、同期の仲だろ！　教えろよー」

「そんなの知ってどうするんだ。あんな女、ろくでもないぞ」

相変わらず嫌われているようだ、と冷静に聞きながらレフィーナは焼き魚をほぐし、口に入れるとその美味《おい》しさに悶《もだ》えた。

レフィーナ的には食事九割、会話一割くらいの興味比率だったが、メラファはどうやら真逆のようだ。ぎゅっと眉間《みけん》に皺《しわ》を寄せて、後ろの会話に聞き入っている。

「令嬢から侍女に身を落とした可哀想な女性を慰《なぐさ》めてやるのが、騎士ってもんだろー」

「慰《なぐさ》めがいるような女じゃないだろ。しかも、自業自得《じごうじとく》だ」

「冷たい男だなぁ」

「嫌いな奴がどうなろうと関係ないからな」

慰《なぐさ》めがいるどころか、下流階級の食事に喜んでいます、とレフィーナは心の中で呟《つぶや》いておく。

「あんな性格の悪い女なんて……」

バンッ!!

会話を聞いていたメラファが突然、テーブルを強く叩いて立ち上がった。

ビックリしたレフィーナは口に運ぼうとしていたお米をぽろりと落とす。

後ろに座っていたヴォルフたちはもちろん、食堂の中がシーンと静まり返り、全員がメラファを見ていた。

「よく知りもしないで……勝手なことばかり言わないでください……！」

メラファは怒りで眉尻をつり上げながら、後ろに座る騎士たちの方を向く。

どうやらレフィーナの悪口に耐えきれなくなったようだ。

そこでようやくレフィーナがいるのを知った騎士たちはさっと青ざめる。

そんな騎士たちの中でヴォルフだけは、無表情でメラファを見返していた。

「レフィーナさんは……そんな人じゃない」

「……何が違うっていうんだ？　ドロシー嬢に暴言《ぼうげん》を吐いていたのは事実だろ」

「でもっ、私の知るレフィーナさんは違います！」

「メラファさん。怒ってくれてありがとう。でもヴォルフ様の言う通りです。事実は事実……」

「何事ですかっ‼」

メラファをなだめようとしていたら、顔を真っ赤にした侍女長がこちらに近づいてきた。

侍女長はメラファとヴォルフを見てから、レフィーナをギロリと睨《にら》みつける。

「レフィーナ！　どうせあなたが原因でしょう！」

それを聞いたメラファが慌てて口を挟む。

「ち、違います！　これは私が勝手に……」

「まぁ！　メラファに責任を押しつけるなんて！　メラファもこんな人を庇《かば》うんじゃありません！　それとも、本当にあなたが騒ぎを起こしたというのですか……！」

侍女長の威圧感にびくりとメラファの肩が跳ね上がる。

ヴォルフが何か言おうと口を開いた瞬間に、レフィーナは立ち上がった。

「いいえ。メラファさんのせいではありません。私が騒ぎを起こしました」

「レ、レフィーナさん……!?」

メラファが目を見開いて否定しようとするのを押し留めるかのように、すっと侍女長の前に出て頭を下げる。

自分のために怒ってくれたメラファを鞭打《むちう》ちにされたくはない。そんな思いからレフィーナは行動に出たのだ。

「……レフィーナ、来なさい！」

「はい」

レフィーナは怒りの表情を浮かべる侍女長の言葉に頷《うなず》いて、食堂から一緒に去っていった。

その場に残されたメラファはヴォルフと騎士たちをキッと睨《にら》みつける。

「……今のを見ても、まだ性格が悪いだなんて言えますか……!?」

怒りで震えながらも絞《しぼ》り出すような声でヴォルフに問いかける。

ヴォルフはレフィーナと侍女長が出ていった扉に視線を向けてから、再びメラファに移す。

「猫をかぶっているんだろ。これだけ大勢の前でお前を庇《かば》えば、自分の印象がよくなるとでも考えたんだろうな」

「……令嬢が……、令嬢だった人が……」

「なんだ」

「鞭打《むちう》ちされると分かっていて、自分の印象をよくするためにあんな嘘をつくと思いますか……！」

鞭打《むちう》ち、の言葉に初めてヴォルフは動揺を見せた。メラファは涙目になりながら、そんな彼を正面から睨《にら》みつける。

ヴォルフ以外の騎士たちはすっかり小さくなっていた。

「……それは……」

「毒花《どくばな》とまで言われた人ならあの場で私を庇《かば》うんじゃなくて、私がやったと言うんじゃないですか……？」

「…………」

令嬢ならば自分の体に傷がつくのを何より厭《いと》うだろうし、社交界で毒花《どくばな》と呼ばれたあのレフィーナなら間違いなくメラファを庇《かば》ったりはしない。

そう考えると、ヴォルフの胸の中にモヤモヤとしたものが広がった。

「……すまなかった。悪く言って。たとえ思っていても、こんなところで話すことではなかった」

「……謝るならレフィーナさんにです。……私も声を荒らげてすみませんでした。これで失礼します」

ぺこりと頭を下げたメラファはガチャガチャとトレイを片づけて、その場から足早に立ち去る。

残されたヴォルフはそれを見送ると、腕を組んで考え込んだのだった。

◇

夜中にレフィーナはベッドからむくりと体を起こした。

侍女長に叱られ、罰として片腕に鞭打《むちう》ちをされて帰ってきたら、メラファに泣きながら謝られた。そこからメラファを慰《なぐさ》め続け、夜になって先ほどようやくメラファが寝入ったところだ。

すっと袖《そで》を捲《まく》れば、白い肌に赤くみみず腫《ば》れになった鞭《むち》の痕《あと》が痛々しくついている。

「……っ」

傷がズキズキと痛んで眠れない。

冷やした方がいいかとレフィーナは考え、寝間着から簡単な服に着替える。そしてメラファを起こさないよう、静かに部屋を後にした。

幸いにも部屋から井戸までは近い。井戸に到着するとレフィーナは冷たい水を汲《く》み上げ、持ってきた布を浸《ひた》してから腕に当てた。

「……気持ちいい」

石で作られた井戸の縁《ふち》に浅く腰かけ、腕を冷やしながらぼんやりと空を見上げていれば、足音が近づいてくるのに気づいてそちらに顔を向けた。

「……お前か」

近づいてきたのはヴォルフだったようだ。

本日三回目の遭遇に、よく会うなとレフィーナは思いながら、冷やしていた腕をさっと後ろに隠す。

「こんな時間に何をしている」

「眠れなかったので散歩してます」

「……腕、見せてみろ」

いつもならすぐに嫌そうな顔をしてどこかへ行くのに、ヴォルフはレフィーナが隠した腕に視線を移してそう言った。

「あら、嫌ですわ。女性の肌を見たいだなんて……」

「そんなことより、早く見せろ」

「……はぁ。見ても面白くないですよ」

ヴォルフの嫌いな悪役令嬢の演技でごまかそうとしたが、あっさりとかわされ、レフィーナは仕方なく腕を出す。

白い肌に痛々しくついた鞭《むち》の痕《あと》を見て、ヴォルフは整った顔に苦虫を噛み潰したような表情を浮かべた。

「侍女長にやられたんだな」

「……私の根性を鍛《きた》え直したいらしいので、気合いが入っていたんでしょうね」

「少し染みるぞ」

ポケットから取り出した薬をヴォルフは優しく腕に塗《ぬ》っていく。

レフィーナはあれだけ自分を嫌っていたはずのヴォルフの行動に戸惑う。

「……昼はすまなかった」

「えっ？」

「あんなところで言うべきことじゃなかったし、元々は俺のせいだったのに、お前が罰を受けることになってしまった」

ヴォルフの言葉にレフィーナは納得した。これはあのときのお詫《わ》びなのだと。

「……気にしないでください。鞭打《むちう》ちされるなんて知らなかったのでしょう？　それに、過去の自分の行《おこな》いが招いたことです。責任は私にありますから」

嫌いな相手に律儀《りちぎ》なことだ。レフィーナがくすりと笑えば、薬を塗《ぬ》るために屈《かが》んでいたヴォルフが顔を上げ、ばっちりと目が合った。

金色の瞳をすっと細めたヴォルフは立ち上がり、レフィーナを囲うようにして井戸に両手をついた。

覗《のぞ》き込むように顔を近づけられて、レフィーナは思わず息を呑む。

「ど、どうしたのですか」

「……どうして、令嬢のときと態度が違う。まるで別人だ」

「まだ替え玉かと疑っているんですか？」

「それはない。確認もした」

レフィーナは目を逸《そ》らしながら、なぜ急にこんなことをするのだろうか、と考える。

近すぎる距離から逃げたいのだが、両手で囲われていて逃げられない。

「レオン殿下やドロシー嬢と会っても、動揺の一つも見せなかったらしいな。二人の仲に嫉妬《しっと》してたわりには、随分とあっさりしていておかしいとは思わないか？」

金色の瞳が探るような色を秘めて、レフィーナをじっと見つめた。

それを緋色《ひいろ》の瞳で見つめ返しながら、レフィーナは頭を回転させる。

もう役割を終えたのだし、目的がばれても問題ないのだが、まかり間違ってドロシーがレオンと一緒になりたくてレフィーナに依頼した、なんてことにされたらすべて水の泡だ。

よし、ごまかそう。そうレフィーナが答えを出したところで、不意に誰かの足音が響いた。

「ヴォルフ！　って、お邪魔だったか？」

低い声で豪快に笑いながら頭を掻《か》くのは、熊のような体躯《たいく》の男だ。それを見たヴォルフが、ため息をつきながらレフィーナを囲っていた腕を退《ど》かした。

思わぬ闖入者《ちんにゅうしゃ》に、レフィーナはパチパチと目を瞬《また》かせる。

「まったく……犬猿《けんえん》の仲とか言いながら、実はいい仲なんじゃないのか？」

「違う。騎士団長、交代の時間だろ」

「あ……ザック様でしたか……」

男の正体は、騎士団長のザック・ボレルだった。ザックはレフィーナににかっと笑いかけると、迷惑そうなヴォルフの肩にがしりと腕を回して引きずるように歩き出す。

「こんな夜中に女性に迫ったら駄目だぞ、ヴォルフ！　あっはははー！」

「迫ってない、質問してただけだ！」

「照れるな照れるな！」

「くっ、話を聞け……！」

熊のようなザックにはさすがに敵わないのか、ヴォルフはどんどんレフィーナから引き離されていく。

話なんて最初から聞く気がないザックに舌打ちをしたヴォルフは、レフィーナに向かって先ほど塗《ぬ》った薬を投げた。

「使え！」

綺麗に弧を描いて手に収まったそれを見ているうちに、二人の姿は見えなくなってしまう。

レフィーナは話があやふやになって助かったな、と考えながら部屋へと戻るのだった。

◇

朝方、腕にひやりとしたものが触れた感覚に、亜麻色《あまいろ》のまつ毛に縁取《ふちど》られたまぶたをそっと持ち上げた。

「あ、ごめんね……起こしちゃった？」

その声の方に視線を向ければ、メラファが申し訳なさそうにこちらを見ている。

レフィーナは体を起こし、冷たさを感じた腕……昨日鞭打《むちう》ちされた方の腕を見た。

「え？」

「どうかしたの？」

昨日まではたしかに痛々しく腫《は》れていた腕は、まるで何事もなかったかのように綺麗になっている。

思わず腕を持ち上げて近くでじっと見るが、かすり傷すらついていない。

「怪我の具合が気になったんだけど、まだ痛む……？」

「痛いどころか、跡形もない……」

「え？　ほんと？」

メラファにも見せると、目を見開いて驚いていた。

心当たりといえば、ヴォルフからもらった薬を塗《ぬ》ったことぐらいだ。しかし、薬でこうもすぐ治るものなのか……とレフィーナは考える。

「あの薬、凄すぎない……？」

「薬？」

「ええ、ヴォルフ様からもらったものよ」

「……そう。よかったね。騎士だからよく効く薬を持ってたのかも」

たしかに訓練でも怪我をしがちな騎士なら、それなりにいい薬を持っていてもおかしくはないだろう。そうレフィーナは納得すると、ベッドから下りた。

メラファはもうすでに侍女服に着替えている。

「今日は私たちは一日中、洗濯だから……井戸に集合ね。朝食はそこに置いてあるから食べてね」

メラファの指差す方にサンドイッチが置いてあり、レフィーナは頷《うなず》いた。

そして、部屋を出ていこうとしているメラファに慌てて声をかける。

「もしかして私、寝坊した……!?」

「え？　ううん、全然。今日は私が早起きしすぎちゃっただけ。だから、食事もゆっくりで大丈夫だよ」

「そっか……よかった」

にっこりと笑って去っていくメラファの言葉に、レフィーナは胸を撫《な》で下ろした。そもそも寝坊したのならば、あの侍女長が嬉々《きき》として飛んできそうだ。

メラファが用意してくれたサンドイッチをもぐもぐと食べながらそんな想像をしたら、恰幅《かっぷく》のいい侍女長が扉に挟まったところまで想像してしまい、レフィーナは思わず噴き出す。

「ごちそうさまでした」

朝食を食べ終え、身支度を整えると、レフィーナは井戸に向かってメラファと合流した。井戸の前には山積みにされた洗濯物が置いてある。

「じゃあ、始めようか！」

「ええ！」

メラファの一声でレフィーナは洗濯に取りかかった。

洗濯機のない世界なので、全部手洗いだ。洗って綺麗な洗濯物が溜まったら、交代で木々の間に張られた紐《ひも》にかけていく。

侍女長が監視するかのように時折《ときおり》訪れたが、手際よく洗濯するレフィーナに言うことがないのか、すぐに去っていった。

「ふふっ、レフィーナさんの手際がいいから侍女長も文句つけられないね」

「仕事では文句言わせないわよ」

洗濯物を干しながら、レフィーナは得意げな表情を浮かべる。

メラファと笑い合っていれば、干したシーツの陰から人が出てきて、レフィーナはびくりと肩を震わせた。

「あ、あなたは……」

「こんにちは、レフィーナ様。侍女長からは許可を得ていますので、少しお話ししませんか？」

レフィーナの前に現れたのはドロシーだった。

ドロシーはメラファに申し訳なさそうに断りを入れた後、レフィーナを連れて来客用の部屋に向かった。先に席に着いたドロシーに勧《すす》められ、レフィーナは向かいの椅子に座る。

部屋にはドロシーとレフィーナ、そして扉の前に控えるドロシーの侍女の三人しかいない。

「レフィーナ様。私、どうしてもちゃんと謝りたくて。ごめんなさい、私のせいで公爵家から追い出され、侍女をすることになってしまって……」

心から申し訳なさそうに眉をぎゅっと寄せながら、ドロシーはレフィーナに向かって頭を下げた。

「ドロシー様……」

「私は気にしていない、罰を望んでいないと、お父様やレオン殿下に何度も申し上げたのですが……聞いてもらえず……」

「いいえ、ドロシー様。謝るのは私の方です、酷《ひど》いことを沢山言ってごめんなさい」

今度はレフィーナがドロシーに向かって頭を下げた。

契約のためとはいえ、彼女を傷つけるようなことを何度も言ったのだ。ずっと謝りたかったレフィーナは、この機会をくれたドロシーに感謝した。

「レフィーナ様……。私、気にしていません。たしかに傷ついて泣いたことも沢山ありましたけど、それと同じだけレフィーナ様も傷ついている気がしたのです」

「え？」

「いつも、私にきついことを仰《おっしゃ》った後、辛そうな顔をしていらしたから」

困ったようにふわりと笑みを浮かべたドロシーをレフィーナはじっと見つめる。

レオンやヴォルフには気づかれていないのだから、本当にちょっとした変化だったはずだ。それなのに、ドロシーは気づいていたようだった。

「レフィーナ様がどうして私にあのようなことをされたのかは分かりません。ですが、今謝っていただいたし、私にはレフィーナ様が根から悪い人だとは思えません。……レフィーナ様、私が絶対に公爵家にお戻しします。婚約も本当ならばレフィーナ様が……」

決意を秘めた瞳で見つめられて慌てたのはレフィーナだ。

自分が公爵家に戻れば婚約が復活してしまうかもしれない。もししなかったとしても、公爵家に取り入っておきたい貴族たちが根回しして、なんとしてでも復活させようとするはずだ。

そうなれば、ドロシーとレオンは引き離されてしまう。

そして何より、貴族の身分から解放されて好きなものを食べれる生活が！　とレフィーナは青ざめた。

「ドロシー様！　私、公爵家に戻りたくありません！　レオン殿下にも興味ありません！」

「えっ？」

「あ……」

焦って思わず本音が出てしまったレフィーナは自分の口を手で覆《おお》う。これまで散々《さんざん》レオンとの仲を邪魔されていたドロシーは困惑した表情を浮かべていた。

言ってしまった以上、なかったことにはできない。レフィーナは瞬時に言い訳を考える。

「実は……私、レオン殿下と結婚したくなかったし、貴族として色んなものに縛られたくもなかったんです……」

「そ、そうなのですか？」

「はい。だから誰かをいじめて……公爵令嬢としての品性と評判を落とすことにしたんです。公爵家から追い出されれば、レオン殿下と結婚せずに済みますし……」

本当の目的は違うのだが、今言ったことも嘘ではない。

純粋なドロシーはすぐにそれを信じたようだった。

「そういう理由なので、公爵家には戻りたくないのです。……標的に選んでしまってごめんなさい」

「分かりました、公爵家に戻りたくないレフィーナ様を無理に戻そうとは思いません。……標的に選ばれたことは……あの、選んでくださったおかげで……レオン殿下と心を通わせることができたので……どちらかというと……ありがとうございます……？」

顔を赤くしてドロシーは俯《うつむ》く。

「ふふっ、ドロシー様はどのようにしてレオン殿下と仲を深めたのですか?」

そう仕向けた本人としてはぜひとも聞いておきたい、と思いながらレフィーナは微笑みを浮かべる。

するとドロシーはちらりと気まずそうにレフィーナを見た。

「あぁ、自分でわざとやったことなので、レオン殿下に悪く言われていても気にしません。だから話してくださいませんか? ぜひ聞きたいのです」

「……はい。あの、最初の出会いはご存知の通り、その……レフィーナ様から庇《かば》ってくださったときです」

「ふふっ、そうでしたね」

「それから、レフィーナ様と会うたびに庇《かば》ってくださり……いつの間にか、いえ、初めて庇《かば》ってくださったときから、私はレオン殿下を恋慕《れんぼ》しておりました」

運命的な出会いを演出した甲斐《かい》があると、レフィーナは思わずニマニマしてしまう。

しかし、ドロシーは顔を真っ赤にして俯《うつむ》いているため、その笑みには気づかない。

「社交界でも少しずつ話すようになって、あるとき、その……相談をされまして……」

「相談?」

「は、はい。その……レフィーナ様のことです」

ドロシーの言葉に当時のレオンを思い出す。ドロシーを罵《ののし》るレフィーナをレオンはよくたしなめていた。

公爵令嬢として相応《ふさわ》しくないことはやめるように。

これ以上続けると、婚約者の私でも庇《かば》いきれない。

そう何度も言われていたし、毒花《どくばな》なんて呼ばれるようになってもしばらくはレフィーナを庇《かば》ってくれていた。

レフィーナは心苦しくなりながらも目的のために、レオンの忠告は無視していた。そのせいでかなり心をすり減らしていたレオンは、思わずドロシーに弱音を吐いてしまったのだろう。

ドロシーとの仲を取り持つため、そして婚約破棄に至らせるためとはいえ、酷《ひど》いことをした。だからこそ、レフィーナは何を言われても仕方ないと思っているのだ。

「レオン殿下は精神的に疲れていらっしゃって……もう庇《かば》うのも嫌になってしまった、と」

「………………」

「それで力になりたくて、少しでも楽になっていただきたくて……社交界で会うたびにお話を聞いていました。そうしたら、徐々に……その、レオン殿下も好意を向けてくださって……」

レオンはあるときから一切、レフィーナを庇《かば》わなくなった。そのときには完全にドロシーに心を寄せていたのだろう。

そうなれば婚約者のレフィーナは、好きな女性を傷つける敵だ。おそらく、すぐにレフィーナの悪行を国王に話して婚約を破棄した、というところだろう。

「すでに私の悪評が広まっていたおかげもあって婚約破棄にまで至り、レオン殿下とドロシー様が婚約することになった、と」

「……はい……」

「……レオン殿下やドロシー様を傷つけてしまってごめんなさい。でも、私はお二人が婚約してよかったと思っています」

話を聞いた後でも態度を変えずにっこりと笑ってみせたレフィーナに、ドロシーもほっとしたような笑みを浮かべた。

「私には話しにくいことを話させてごめんなさい」

「い、いえ！　あの……今のレフィーナ様はメラファさんに聞いた通りとっても……いい人です。話しやすいし、お可愛らしいし……」

「え？」

「実はメラファさんからレフィーナ様とお話ししたらどうかと言われたんです。皆、レフィーナ様を誤解している、と」

メラファの気遣いを知り、レフィーナは思わず涙目になった。ドロシーはふわりと優しく笑みを浮かべて立ち上がる。

「レフィーナ様、私にできることがあったら、なんでも仰《おっしゃ》ってください。侯爵令嬢としてできることはなんでもします」

「で、でも、私はドロシー様に酷《ひど》いことを……」

「もう終わったことですもの。それに謝ったら仲直り、ですよ」

そう言って恥ずかしそうにドロシーは手を差し出した。

レフィーナはその手とドロシーの顔を交互に見てから立ち上がり、その手をしっかりと握り締める。

「あ、レオン殿下には秘密にしていただけますか？　私と通じているのを知ったら、ドロシー様を心配すると思いますし」

「でも、誤解が……」

「私に婚約破棄するように仕向けられたと知れば、レオン殿下は立ち直れなくなると思いますよ」

レフィーナの言葉にドロシーは迷いながらも頷《うなず》いた。

元婚約者の行動にかなり心をすり減らしていたようだから、今は黙っておいた方がいいだろう。それに、純真だったレオンが歪《ゆが》んだのは自分のせいだし、とレフィーナは少し遠い目をする。

「分かりましたわ。レオン殿下にはレフィーナ様とお話ししたこと、黙っておきます。アンもこのことは内密にお願いします」

「はい。かしこまりました、お嬢様」

扉の前に控えていた侍女はしっかりと頷《うなず》く。

ドロシーはもう一度レフィーナに視線を移してから、にっこりと笑みを浮かべた。

「お時間を取らせてしまってごめんなさい。私はこれで失礼します」

「はい、ありがとうございました。ドロシー様」

ドロシーは侍女を連れて部屋を出ていく。

レフィーナはそれを見送った後、メラファのところへ戻ったのだった。

◇

「メラファさん、ごめんなさい」

井戸に戻ってくるとレフィーナはメラファに声をかけた。

「ううん……お話しできた？」

メラファは笑みを浮かべて問いかける。

「ええ。メラファさんが機会をくれたのよね、ありがとう」

「いいの、それくらいしか私……できないから」

「充分よ。あなたがいてくれて、よかったわ」

ふわりとレフィーナが笑えばメラファは嬉しそうに目尻を下げた。

レフィーナは軽く頬《ほお》を叩いて気合いを入れると、まだまだある洗濯物に取りかかる。

「レフィーナさん」

「どうしたの？」

「あのね、実はさっきヴォルフ様がいらっしゃったの」

「そうなの？」

「うん、レフィーナさんの怪我を心配してたみたい」

レフィーナは昨日のヴォルフの様子を思い浮かべる。レフィーナの性格が前と違いすぎて困惑しているようだった。

そしておそらく、どちらのレフィーナが本当なのか見極めようとしていた。

「ヴォルフ様はあんなにレフィーナさんのことを罵《ののし》っていたのに、怪我をさせたことは後悔しているみたい。でも、もっと海よりも深く悔《く》いてもらわないと！」

「……仕方ないわ。騎士という職業柄、王族に迷惑をかけそうな人物は見張っておかないといけないんだし」

「それはそうかもしれないけれど……」

「まぁ、過去の私は自分でも性格悪いと思うし、嫌われて当然よ」

そうレフィーナは言うと、侍女長に見つかって怒られる前に話を終わらせ、洗濯に集中したのだった。

◇

ドロシーとの対話から三日後、レフィーナはメラファと共に週一回行《おこな》われる侍女たちの集会に参加していた。これから一週間の業務について侍女長が割り振りをしたり、注意点を発表したりするのだ。

そんな集会の最中に、ここに来るはずのない人物が現れて、侍女たちに緊張が走る。

「王妃殿下……!?」

現れたのは王妃であるレナシリア・オーヴェ・ベルトナとその専属侍女、そして騎士団長のザックだった。

歳を感じさせぬ美しい顔立ちによく似合うドレスを身にまとったレナシリアは、持っていた扇《おうぎ》でパシリと片手を叩く。

頭を下げている侍女たちに楽にするよう言ってから、侍女長にすっと視線を向けた。

「侍女長、私《わたくし》がここに来た意味が分かりますか」

「い、いえ……なんでございましょうか……」

「あなた……先日、レフィーナを叱ったそうね」

「そ、それは……」

氷の王妃、などと裏で囁《ささや》かれるレナシリアは、それに相応《ふさわ》しく冷たい眼差しで侍女長を見つめる。

侍女長はちらりとレフィーナに視線を移してから、はっきりと言い切った。

「レフィーナが騒ぎを起こしましたので」

「それはもちろん……事実確認をした上で、ですね？」

「あの高飛車《たかびしゃ》でわがままな令嬢だったレフィーナですよ？　彼女がやったに決まっています」

「……メラファから聞いた事実と違いますが、どういうことです」

レナシリアの言葉にレフィーナが隣に立つ友人を見れば、メラファはにこりと笑みを浮かべた。

そんなメラファを侍女長は物凄い形相《ぎょうそう》で睨《にら》みつける。

「メラファはレフィーナから嘘をつくように命令されているのですよ。まったく……さすがは毒花《どくばな》と呼ばれるだけありますね」

「……侍女長。たしかに私《わたくし》はレフィーナが社交界で目に余る言動をしたので、罰として城で働くように命じました」

「ええ、ええ。その通り、淑女《しゅくじょ》には程遠い人間です」

「しかし、それだけで騒ぎを起こした犯人と決めつけるのは違います。他の者にも聞きましたが、レフィーナは城で働き始めてから人が変わったように、真面目に働いているとか」

　最初は迷惑そうにしていた侍女たちもこの三日間で皆、レフィーナを好きになっていた。すれ違う使用人や騎士たちにも挨拶《あいさつ》をしてくれる、と城の中では噂《うわさ》になっている。

　レフィーナのいい噂《うわさ》を率先《そっせん》して流していたのは、もちろんメラファだ。

　レフィーナは素《す》で過ごしていただけなので、そんな変化にあまり気づいていなかったが、それらはちゃんとレナシリアの耳にも入っていた。

「そして何より……侍女長、あなたは城で禁止されている体罰……鞭打《むちう》ちを行《おこな》っているそうですね」

　レナシリアの言葉で侍女長の顔がみるみるうちに青ざめていく。

「そ、そんなこと……」

「侍女たちもあなたを恐れて報告ができなかったようだけど……レフィーナが鞭打《むちう》ちをされたとメラファが報告してくれました」

「していません！　メラファは騙《だま》されてそのように嘘をついているのです！　その証拠にレフィーナの体を調べてくださいな！　どこにも痕《あと》なんてないですから！」

　侍女長はレフィーナの傷が跡形もなく治ったことを知っている。だからこそ、勝ち誇《ほこ》った顔でそう言ったのだ。

　しかし、レナシリアは相変わらず冷たい瞳で侍女長を見つめている。

「その必要はありません。酷《ひど》く傷ついた肌を見て、私《わたくし》に直接報告した者がいますから」

「ちょ、直接報告……!?」

通常、使用人たちはレナシリアの専属侍女を通してしか報告ができないようになっている。レナシリアに直接謁見《えっけん》して報告をするなど、よほどの人物しかいない。

侍女長は焦ったようにキョロキョロと視線をさ迷わせている。

「だ、誰がそんなでたらめなことを……」

「ヴォルフ・ホードンです」

王妃の口から出た名前にレフィーナは目を見開く。たしかに井戸で傷を見られたが、まさかそれをレナシリアに報告しているとは思っていなかった。

レフィーナとは犬猿《けんえん》の仲だと有名なヴォルフの名前が出て侍女たちもざわめく。

「ヴォルフは嘘をつきません。それにレフィーナを嫌っている彼には庇《かば》う理由がないのです。だからこそ、真実だと私《わたくし》は思っています」

「そ、それは……」

「侍女長、私《わたくし》は初めからあなたの言い訳など聞く気はありません。今日このときをもってあなたを解雇《かいこ》いたします」

「王妃殿下！　そんな、私っ」

すがりつこうとした侍女長をザックが片腕で押さえ込む。レナシリアは持っていた扇《おうぎ》で口元を隠すと、初めてにっこりと笑みを浮かべた。

一見すると優しそうな笑みだが、まとう空気は氷のように冷たい。

「安心なさって、侍女長。再就職先は決めてあります」

「さ、再就職先……？」

「ええ。国境付近のお屋敷ですよ」

「ま、まさか……嫌です……王妃殿下……！」

「ふふっ、あなたの再就職先はダンデルシア家のお屋敷です。あなたには相応《ふさわ》しいでしょう？」

ダンデルシア家。この国ではある意味有名だ。なぜならそこの女主人は使用人に厳しく、それこそ城では禁止されている鞭打《むちう》ちも容赦《ようしゃ》なくする。そこで働く者たちはダンデルシア家を使用人の墓場、と表現するほど嫌っていた。

「王妃レナシリアの名のもとに三年間、ダンデルシア家で侍女を務めることを命じます」

冷たい声で発せられた命令に、侍女長はフラフラとザックから離れた。

侍女たちはざわざわと囁《ささや》き合いながら見ているものの、誰一人侍女長を庇《かば》う者はいない。

「全部……」

侍女長はギロリとレフィーナを睨《にら》みつけた。その眼光の鋭《するど》さに、レフィーナの近くにいた侍女たちはざっと後退《あとずさ》りする。

その直後、レフィーナに向かって侍女長が襲いかかった。

「お前のせいよ……!!」

「レフィーナさん！　危ない！」

メラファが悲鳴のような声を上げた。

恰幅《かっぷく》のいい侍女長がレフィーナの細い首へと手を伸ばす。

それを静かに見ていたレフィーナは、その手をあっさりかわすと、スカートを翻《ひるがえ》しながら侍女長の足を素早く払った。

侍女長は勢いよく床に倒れ込み、顔面を強く打ちつける。

「うぶっ……!!」

「ぶあっはっは、お見事！」

侍女長のくぐもった声とザックの豪快な声が響く。

体罰が禁止されているとは知らずに大人しく受け入れた鞭打《むちう》ち。その恨みを晴らし、レフィーナはスッキリとした表情で侍女服の乱れを整えた。

どんな技でも一度見れば再現できるレフィーナは、騎士たちの訓練を見た経験だったり、雪乃のときの知識だったりのおかげで、自分の身を守ることくらいはできる。

剣を持って戦え、と言われても筋力の関係で無理だが。

「まったく……愚《おろ》かしいことです」

「おい、侍女長を連れていけ」

ザックは倒れ込んだままの侍女長を片手で起こすと、近くに控えていた騎士に引き渡した。

「さて、次の侍女長を誰にするかですが……。あなたたちで話し合い、何人か候補を出しなさい。それを基《もと》に私《わたくし》が最終的な決定を下します」

今までは年功序列で選ばれていたので侍女たちは些《いささ》か戸惑ったようだが、レナシリアの命令に異を唱える者はいない。

レナシリアはそんな侍女たちを見回してから、レフィーナと視線を合わせた。

「レフィーナ、話があります。ついてきなさい」

「はい」

レフィーナは部屋を出ていくレナシリアに大人しくついていく。

やがて城の薔薇園《ばらえん》にたどり着き、すでに用意されていたテーブルまで来ると、レナシリアは侍女が引いた椅子に腰を下ろした。

レナシリアに促《うなが》されてレフィーナも向かいの席に座れば、王妃の専属侍女が二人の前に紅茶の入ったティーカップを置く。

「さて、レフィーナ」

「はい、なんでしょうか」

「目的通りレオンとの結婚を回避《かいひ》し、貴族の身分から解放されてみてどうかしら？」

その言葉にレフィーナはティーカップを手に持ったままピシリと固まってしまった。

そんなレフィーナを見たレナシリアはくすくすと笑い声を立てる。

「あなた、レオンと結婚したくないから、わざと社交界で暴言《ぼうげん》を吐いていたのでしょう？貴族でいるのも嫌だったみたいね。その証拠に侍女になってからは、まったく暴言《ぼうげん》を吐いていない」

「そ、それは……」

「あぁ、安心なさって。別に責める気はないですから」

レフィーナがレオンに婚約を破棄させるように仕向けたことが、よりにもよってレオンの母であるレナシリアにばれている。

そのことにレフィーナは一瞬動揺したものの、すぐに観念して口を開いた。

「……申し訳ありません……レナシリア殿下……」

「王太子を欺《あざむ》いていたことなら別に構いませんよ。騙《だま》されるような愚《おろ》か者がいけないのですから」

「へ？」

自分の息子のことをばっさり切り捨てたレナシリアは、まさに氷の王妃らしく冷たい笑みを浮かべる。

「だいたい、王になる者がいつまでも純粋でいるのが問題なのです。腹に一物《いちもつ》抱えてるくらいでないと、隣国にやり込められてしまいますからね。その点、レフィーナのおかげでレオンも少しはましになるでしょう」

「は、はぁ」

「あなたの思惑がすべて分かるわけではないですが、間違いなくレオンとの婚約破棄と公爵家からの追放は望んでいたのでしょう？」

確信を持って尋《たず》ねるレナシリアに、レフィーナは言い訳することなく頷《うなず》いた。

どう頑張っても、この氷の王妃をごまかせる気がしない。

「まぁ、レオンにはご丁寧にもドロシーをあてがってくれましたし、公爵家についてはあなた自身が責任を取りましたし、別に国を陥《おとしい》れるような謀《はかりごと》ではないので咎《とが》める気はありません。気持ちは分かりますからね」

「え?」

「ふふっ、私《わたくし》も陛下と結婚したくなくてわざと冷たい態度を取っていました。……陛下はまったく気にしなかったので、上手くいきませんでしたけど」

レフィーナは穏やかな国王を思い出す。たしかに彼はどちらかというと、鈍感《どんかん》な方かもしれない。

まったく怒っていない様子のレナシリアに、レフィーナはとりあえず胸を撫《な》で下ろした。

「レオンもヴォルフもころっと騙《だま》されていたから、面白かったですよ。……ヴォルフに関しては、お母様のことがあるから仕方ないのでしょうけど」

「お母様?」

「おや、知らなかったのですか」

少し意外そうにレナシリアは片眉をつり上げた。

「ザックからヴォルフとあなたがいい仲だと聞いたので、てっきり知っているものだと……」

「ごほっ!!」

レナシリアが頬《ほお》に手を添えて言った言葉に、紅茶を飲んでいたレフィーナは思い切り咳《せ》き込んだ。

ザックに視線を向ければ、にかっと笑みを向けられる。

あの井戸のときか、とレフィーナはすぐ思い当たった。

「夜に体を寄せ合って語らっていた、とザックが……」

「違います！　あれは尋問《じんもん》されていただけです！」

「そう……残念ですね」

まったく残念そうには見えないレナシリアが、ティーカップを持ち上げ口に運ぶ。

その美しい所作に見とれつつも、レフィーナは深いため息をつく。

「話が逸《そ》れましたけど、ヴォルフ様のお母様って……」

そこで王妃に代わってザックが口を開く。

「……ヴォルフの母親はな、かなりの男好きで未婚《みこん》既婚《きこん》関係なく手を出していたらしい。そして、男と上手くいかないと決まって暴言《ぼうげん》と共に幼いヴォルフに手を上げていた。だが、ヴォルフが成長するにつれて、今度は男として見るようになったらしい」

思ったよりかなり重い話だった、とレフィーナはそっとザックから目を逸《そ》らした。

「そのお母様は、今はどうしているのですか？」

「……誘惑した男の妻と口論になり、刺し殺されました。ヴォルフが十五歳のときです」

レナシリアが明かしたのは、さらに重い事実だった。

「その事件に駆けつけた俺がヴォルフを保護したんだ。それがきっかけでヴォルフは騎士になってな。それから色んな人間に出会い、剣を極め、沢山の出来事を経験して……今じゃ副騎士団長なんだから立派になったもんだ」

「城に来た当時は声も出せなくなっていたヴォルフが、トラウマを克服して心身共に強くなったのは喜ばしいことですね。それに、剣の才能も素晴らしい」

ヴォルフは一番身近な女性である母親の醜《みにく》さを見てきたのだ。体だけじゃなく心までも傷ついて。

ドロシーに対して暴言《ぼうげん》を吐いていたレフィーナの姿は、その母親の姿とダブって見えたに違いない。トラウマを克服したとはいえ、そんなものを近くで見せられたヴォルフがレフィーナを必要以上に嫌っても仕方ないだろう。

「ヴォルフは勘も鋭《するど》いし、物事を冷静に見られるんだが……母親のことがあるせいなのか、お嬢ちゃんのことは見極められなかったみたいだな。まぁ、まだまだ未熟ってことだ。あっはっは」

「……でも、それならどうして私に尋問《じんもん》してきたり、鞭打《むちう》ちの報告をしたりしたのでしょうか？」

「それはあなたを庇《かば》ったメラファの言葉を聞いて、どこかおかしいと違和感を覚えたのでしょう。鞭《むち》打《う》ちのことは城の治安も守る騎士として見過ごせなかったのでしょうね。特に理不尽な暴力は嫌いですから」

「……なんと言うか……傷口抉《えぐ》ってすみません、とすぐに謝りたいぐらいです……」

鞭《むち》打《う》ちの傷を手当てしてくれたときの優しい手つきを思い出す。自分の悪口がきっかけでレフィーナが鞭《むち》打《う》ちされたことを詫《わ》びると共に、自分が暴力を受けていたからこそ案じてくれたのだろう。

「傷口を抉《えぐ》られたかどうかはヴォルフ本人しか分かりません。あなたにこれまでのことを謝られたら、自分の間抜けさを知って悔しがるでしょうしね。ヴォルフの過去のことも含めて、心に留めておくだけにしなさい」

「……はい……」

「案外傷口を抉《えぐ》られるよりも、お嬢ちゃんの態度の違いが気になって悶々《もんもん》としているかもしれんぞ！」

それはギャップにやられる、ということだろうか。レフィーナは豪快に笑うザックの言葉を脳内で別の言葉に変換する。

……そんなことはヴォルフに限ってないと思う。すぐに答えを出したレフィーナはザックの言葉を頭から追い出した。

そこで王妃の専属侍女が進言する。

「レナシリア様、お時間があまりありません。……本題を切り出した方がよろしいかと」

「そうでしたね……。レフィーナ、実はあなたにお願いしようと思っていることがあります」

「は、はい。なんでしょうか」

「あなた、ドロシーの専属侍女をやらないかしら」

急に出てきた話にレフィーナはパチパチと緋色《ひいろ》の瞳を瞬《またた》かせる。

「ドロシー様の専属侍女、ですか?」

「ええ。あなたとの婚約を破棄した直後から、あの二人の結婚の準備を始めているのだけど……ドロシーの専属侍女を誰にするか迷っていましてね。ドロシーに聞いたらぜひあなたに、とのことでした」

「ドロシー様が……。でも……あの、レオン殿下は反対されるのでは?」

「ええ、していますが……無視しましょう。しばらく気を揉むレオンで遊ぶことにします」

にっこりと美しい笑みを浮かべながら、酷《ひど》いことを言うレナシリアである。

レオンが反対したところで、侍女の決定権を持つのはレナシリアだ。どうあがいてもレオンがレナシリアに勝てるとは思えない。

「私がわざと暴言《ぼうげん》を吐いていたと気づいた貴族が、ドロシー様が私を使ってレオン殿下に近づいた、とか騒ぎ立てたりしないでしょうか……」

「それは心配いりません。気づいた者はそんなにいないでしょうし、陛下や王妃である私《わたくし》が口を閉ざしているなら貴族は口出しできません」

レナシリアの言葉にレフィーナは納得して頷《うなず》いた。王族が口を噤《つぐ》んでいる以上、貴族も騒ぎ立てることはできない。

レフィーナが心配したようなことにはならないようだ。

「あの、レナシリア殿下」

「なんですか？」

「その、婚約破棄から結婚が決まるまでやけに早くないですか？」

レフィーナが婚約破棄を言い渡されてから六日ほどしか経っていないし、まだ社交界ではドロシーたちの婚約発表も正式にはされていないはずだ。

「……ドロシーより上の爵位の令嬢たちが騒ぎ出す前に進めたいのです。はっきり言ってあなたとドロシー以外の令嬢は頭が軽いか、性格が悪いかで……どちらにしろ、王太子妃に相応《ふさわ》しい者はいません」

辛辣《しんらつ》な言葉で切り捨てたレナシリアは、冷笑を浮かべている。

公爵令嬢だったときはレフィーナが一番悪目立ちしていたが、他にもこそこそ陰険《いんけん》なことをしている令嬢は多かった。それを思い出すと、レフィーナもレナシリアの言葉を否定できない。

「あなたが駄目なら、ドロシーしかいません。ならば、さっさと娶《めと》った方がいいでしょう。ドロシーの家は両親共に信頼できる者たちですし」

「そうですか……。それで、あの、ドロシー様の専属侍女にしていただけるのは嬉しいのですが……私はまだ見習いで……」

「ええ、分かっています。ドロシーたちの婚約発表は明日、結婚式は一ヶ月後を予定しています。あなたがドロシーの専属侍女になるのは、結婚式が終わった後からですよ」

「では、そのときまでは見習いということですね」

「そうなります。レフィーナならすぐにでも専属侍女になれるのですが、結婚式の関係で来賓《らいひん》も多くなりますからね。そちらの世話に回ってもらいます」

すぐにでもなれる、と言い切ったレナシリアにレフィーナは首を傾《かし》げる。

レフィーナが侍女になってからまだ数日しか経っていないのに、なぜ言い切れるのだろうか。その疑問に気づいたのかレナシリアはふっと笑みを浮かべた。

「あなた、なんでも一度見たら再現できる特技があるのでしょう？　あなたのお父様から聞いていますよ」

「えっ？」

「侍女の仕事も見てすぐに覚えているようですから、もう一人前として働けるでしょう。……やはり、あなたを城の侍女にして正解でしたね」

なぜ城で侍女なのかと思っていたら、どうやらレナシリアの画策だったようだ。

抜かりない王妃にレフィーナは思わずひくりと口元を引きつらせた。

「私《わたくし》は優秀な人材は逃がしませんよ。それに、本当に罰を与えるならダンデルシア家送りです」

「……あはは……」

「……まぁ、あなたも皆から悪口や嘲笑《ちょうしょう》を受けたのでしょう？　私《わたくし》はあなたへの罰はそれで充分だと思っていますから」

もっとも、その悪口や嘲笑《ちょうしょう》をレフィーナは意にも介していなかったのだが。

とはいえ、わざわざそのことを言う必要はないので、レフィーナは真面目な顔でレナシリアの言葉を受け止めた。

「では、私《わたくし》はもう戻ります」

「はい」

レナシリアが立ち上がると、レフィーナもすぐに立ち上がった。

去っていくレナシリアをしっかりと頭を下げて見送る。ザックや専属侍女もその後についていった。

離れたところに控えていた侍女たちがやってきて片づけを始めたので、レフィーナもそれを手伝ったのだった。

◇

庭を片づけて侍女たちと共に集会所へ戻れば、中にいた侍女たちが一斉にレフィーナを見る。

業務に戻った侍女も多いようで半数くらいに減っているが、そこそこの人数に注目されてさすがのレフィーナも狼狽《うろた》えた。

「王妃殿下はなんて⁉」

「大丈夫だった？　王妃殿下って容赦《ようしゃ》ないから心配してたのよ！」

「なんの話だったの!?」

侍女たちに畳《たた》みかけるように質問を投げかけられたレフィーナは、緋色《ひいろ》の瞳をパチパチと瞬《またた》かせる。

どうやらレナシリアに連れていかれたレフィーナのことを気にしてくれていたらしい。

「えっと、ドロシー様の専属侍女にならないか、っていうお話でした」

その他諸々《もろもろ》の話は呑み込んで、レフィーナはそれだけを伝えた。

「まぁ！　そうなの？」

「ドロシー様が仕返しにいじめるようなことはないと思うけど……王妃殿下も大胆な人選をするわね……」

「ほんとねぇ～」

いじめられていた令嬢にいじめていた侍女がつく。たしかに中々大胆な人選だ。

もっとも、すでにドロシーとレフィーナの間にわだかまりはないので、まったく問題なかったのだが。

「あの、新しい侍女長の候補は誰になったんですか？」

「あぁ、満場一致でカミラさんに決定したわよ。もちろん、他の候補も一応は出したけど」

カミラは黒髪をしっかりとまとめ、眼鏡《めがね》をかけたきりっとした美女で、侍女たちの中では二十五歳と若い。

しかし、人をまとめるのが上手いし、人望もあるので皆の意見が一致したようだ。

「そうなんですね」

「ええ、レフィーナが来てくれてよかったわ。あの侍女長を追い出せたんだから」

「ほんとね。体が大きい分、威圧感が凄かったし……理不尽なことをされても報復が怖くて報告できなかったしね」

集まった侍女たちは頬《ほお》に手を添えながら、はぁ、と深いため息をつく。しかし、もういないのだからとすぐに明るい雰囲気になった。

◇

翌日、レフィーナはある部屋の前まで来ていた。

いずれドロシーの専属侍女になるならば、と今日の舞踏会《ぶとうかい》の身支度を任されたのだ。

この舞踏会《ぶとうかい》のことはレフィーナが城に来たときにはすでに使用人たちに通達されていたようで、知らなかったのはレフィーナだけだったらしい。おかげで、昨日の今日でバタバタと準備を行《おこな》わなければならなくなった。

「ドロシー様、レフィーナです」

「……どうぞ、入ってください」

ノックと共に呼びかければ、中から返事があった。

静かに扉を開けると、ドロシーが嬉しそうに駆け寄ってくる。その姿がふと幼い頃の空音とダブって見えて、レフィーナの胸がぎゅっと締めつけられた。

「レフィーナ様、大丈夫ですか？」

「あ……ごめんなさい。さっそく準備いたしましょう」

「……無理はなさらないでくださいね……。気分が悪くなったらすぐに言ってください」

「はい、ありがとうございます」

気遣わしげに見てくるドロシーにふわりと笑みを浮かべる。そして、思わずその頭を撫《な》でてしまい、慌てて手を下ろした。

ドロシーはびっくりした表情ではあるものの、嫌がったりはしていない。

それどころか、可愛らしい笑みを浮かべて言う。

「ふふっ。……レフィーナ様といるとこう……魂が浄化されるような……嫌なものがなくなるような……そんな感じがします。不思議なことに、初めて会ったときからそう感じていたんです」

「え？」

「突然こんなこと言われても困りますよね。でも、本当にそう感じるんです。……きっと、レフィーナ様の心が清廉《せいれん》なのですね」

「……では、レオン殿下といるときは……何か感じるのですか……？」

「レオン殿下は……心が安らぎます。一緒にいると癒《いや》されて、とても心穏やかになれるんです」

ドロシーの言葉にどくり、とレフィーナの心臓が音を立てる。

ふと湧いた疑問が止めどなく頭に浮かんでは消えていく。

なぜ、神はドロシーの相手にレオンを選んだのだろうか。

なぜ、神は世界を越えてまで雪乃の魂を呼びに来たのだろうか。

……愛娘《まなむすめ》とはなんだろうか。

神はドロシーの相手に相応《ふさわ》しいのはレオンであるとして、二人をくっつけるために空音を助ける契約を結んで雪乃の魂をこの世界に連れてきた。

そう、レフィーナに合うのが雪乃の魂だからと、世界を越えてまで。

もし逆だったなら……？

雪乃の魂に合う肉体がレフィーナだったのなら……？

「……さま、レフィーナ様！」

「あ……」

「どうなさったのですか？　やはり、気分が？」

「いえ、ごめんなさい。少し考え込んでしまって。さぁ、準備をいたしましょう」

疑問はあふれてきたが、レフィーナにその答えを知る術《すべ》はない。

神は気まぐれにドロシーに祝福を与え、その相手に相応《ふさわ》しいのがレオンだった。そして、レフィーナが仲を取り持つシナリオがよかったのだ。

そう自分を納得させると、気持ちを切り替えて用意されていたドレスを手に取った。

今やるべきことは考え込むことではなく、舞踏会《ぶとうかい》の準備だ。

「可愛らしいドレスですね」

「はい。母が用意してくれたんです」

花柄の生地を使ったピンク色のドレスは、初々《ういうい》しく可愛らしい。生地の上にはチュールがふんわりとかぶっていて、花柄でも派手にならず落ち着いた雰囲気だ。

レフィーナはそれを手早くドロシーに着せる。

「コルセット、きつくないですか？」

「はい、大丈夫です」

「……さすがドロシー様のお母様です。とてもよく似合っていますよ」

さて髪型をどうしようか、とレフィーナはドロシーの美しい金髪を眺める。

きっちりとまとめて結い上げるのが社交界での主流な髪型だ。

それでもいいのだが、どうせならレオンや貴族たちがびっくりするほど可愛くしたい。

「ドロシー様、何かご希望の髪型はございますか？」

「いいえ、お任せしてもいいですか？」

「分かりました、お任せください。レオン殿下が驚くくらい可愛く仕上げますね。では、まずはお化粧をいたします」

ドロシーの正面に回り、丁寧に化粧を施《ほどこ》していく。元々顔立ちがよく、肌も綺麗なので、あまり濃くはせず簡単に済ませる。

そして今度は後ろに回ると、緩《ゆる》くウェーブのかかった金髪を手際よく整えていく。

出来上がったのは髪を横に流すサイドダウンの髪型だ。編み込みもしてあるので後ろも見映《みば》えがいい。

「素敵！　凄いです、レフィーナ様！」

どうやら気に入ったらしいドロシーは立ち上がり、キラキラした目でレフィーナを見つめた。

レフィーナはそんなドロシーをなだめて再び座らせると、髪に小さな生花をいくつか飾りつけて完成させる。

再び立ち上がったドロシーのドレスを整えてからじっくりと眺めたレフィーナは、その出来映《できば》えに満足して頷《うなず》いた。これなら、レオンも惚《ほ》れ直すに違いない。

「さぁ、ドロシー様。会場に向かいましょう」

レフィーナはドロシーにそう声をかけて、部屋の扉を開けた。

レオンとは会場の前で合流し、彼がドロシーをエスコートしながら中へ入るのだ。ドロシーと二人でそちらに向かっていれば、会場の近くで王子らしく豪華な白の衣装に身を包んだレオンと、いつもより装飾の多い黒の騎士服を着た護衛のヴォルフを見つけた。

レフィーナは彼らに声をかける。

「レオン殿下、ドロシー様をお連れいたしました」

こちらに背を向けて立っていた二人が振り向き、レオンはレフィーナを見て眼光を鋭《するど》くする。だがそれよりも二人の間から現れた令嬢に、レフィーナは思わず眉を寄せた。

「あらぁ、レフィーナ様ではありませんか」

艶《つや》やかな黒髪とマゼンタの瞳を持つ令嬢はレフィーナのことを明らかに見下した目で見てから、まるで見せつけるかのように馴《な》れ馴《な》れしくレオンの腕に手を絡《から》めた。彼の腕

に豊満な胸を押しつけた彼女の真っ赤な口紅で彩《いろど》られた唇から、甘い声がこぼれ落ちる。

その声に後ろにいるドロシーがぎゅっと、レフィーナの侍女服を握った。

「ふふっ、今レオン殿下にエスコートをお願いしてるのよ。ねぇ、レオン殿下」

「ミリー様……」

レフィーナはその名を呆れた思いで呟《つぶや》く。

レオンにべたべたとひっついているミリー・トランザッシュは、彼の婚約者であったレフィーナに色々と嫌がらせをしてきた令嬢だ。毒花《どくばな》とまで呼ばれるレフィーナによく嫌がらせをするものだ、と当時はある意味感心していた。

「ミリー嬢。手を離してくれないかな」

「嫌ですわ！　私《わたくし》をエスコートしてくださいな」

「ミリー嬢」

レオンの冷たい声にミリーはようやく手を離した。

まったく、人のことを睨《にら》んでいる場合ではないのでは、とレフィーナはレオンに心の中でこっそりとため息をつく。

それから後ろにいたドロシーの手を取って、自分の前に出した。

「ミリー様。申し訳ありませんが、レオン殿下はドロシー様をエスコートなさいます。

お引き取りくださいませ」

レフィーナが笑顔でミリーに言い放てば、ヴォルフも彼女を追い払うように言う。

「……そういうことですので、他の方を探した方がよろしいかと」

ミリーは恨めしそうにドロシーを睨《にら》みつけてから、仕方なさそうに去っていく。

肝心のレオンはミリーなどすでに眼中になく、締まりのない顔でドロシーを見ていた。

「レオン殿下」

「あ……、か、可愛いよ、ドロシー」

ヴォルフにこそっと名前を呼ばれて、レオンはようやく言葉を口にした。褒《ほ》められたドロシーは、嬉しそうに微笑みレフィーナに視線を移す。

「レフィーナ様に準備していただいたんです」

「……レフィーナに……？」

「はい。凄く手際よく準備していただいて……」

疑わしげにレフィーナを見たレオンだったが、ドロシーの言葉を否定する気にはなれなかったようだ。ただ無言でレフィーナを見つめている。

そのとき、ふとヴォルフが持っていた懐中時計《かいちゅう》を開いた。

「レオン殿下、お時間です」

「あぁ、そうだね。ドロシー、行こうか」

ドロシーは頷《うなず》くとレオンの腕に手を回し、二人で歩き始めた。

こちらを見て嬉しそうに手を振っている彼女に応《こた》えながら、レフィーナはちらりと隣を見る。

「ヴォルフ様は行かなくていいのですか」

「ここから会場までは騎士が配置されているし、少し二人にした方がいいだろう」

「まぁ、そうですね」

ミリーを気にしていたドロシーをレオンが今フォローしているところだろう。あの令嬢はことあるごとに、レオンにひっついては気を引いているのだ。

特に婚約者が近くにいると、挑発《ちょうはつ》するかのようにあからさまにやる。

レフィーナは別にレオンのことが好きではなかったので何も思わなかったが、レオンが好きなドロシーは嫌な気持ちになっただろう。

ドロシーのことはレオンに任せればいいとして、それよりもヴォルフと二人という状況がレフィーナとしては正直気まずかった。

あの井戸で尋問《じんもん》されてから会っていなかったし、レナシリアとザックから聞いたヴォルフの過去を思い出してしまう。

「あの、薬ありがとうございました。それと、侍女長のことも……」

とりあえず、まずは礼を言っておこうとヴォルフを見上げれば、彼と視線がぶつかる。少し動揺したかのように、その金色の瞳が揺らいだ。

「……別に。お前が礼を言うようなことじゃない。俺が勝手にしたことだ」

「では、お礼も私が勝手に言いたかっただけです」

にこっと笑って返せば、ヴォルフは言葉に詰まったようだった。

片手で口を覆《おお》い、深く息を吐き出してから、ふっと口元を緩《ゆる》める。そして覆《おお》っていた手を外し、ヴォルフはレフィーナを見た。

「……やはり、今のお前が素《す》か」

悩み抜いた末に出た答え、といった感じの声だ。どうやら井戸で別れて以来、ずっと考えていたらしい。

「……ドロシー嬢と和解した上で仲よくなっているし、レオン殿下なんてまるきり視界に入っていない。令嬢のときのあれは演技で、今のお前が素《す》だとしか考えられないだろ……」

先ほどドロシーを連れてきたときからレフィーナのことを観察していたようだ。まぁ、レナシリアにもばれてしまったし、彼女の言う通り貴族たちが騒がないのなら……もうヴォルフに言っても問題はないだろう。

そう結論を出したレフィーナは頷《うなず》くことで、彼の言葉を肯定した。

「はぁー……」

色々な感情が詰め込まれたため息と共に、ヴォルフは頭を抱えてその場でしゃがみ込んだ。

「間抜けだな、俺は」

ふっと自嘲《じちょう》気味な笑みを浮かべる彼は、レフィーナの演技にまんまと騙《だま》されていたのが応《こた》えたらしい。

レフィーナはなんと声をかけるべきなのか分からず、ただヴォルフを見ていた。

「で？」

「はい？」

「どうして、あんな演技をしてたんだ」

「えーと、レオン殿下と結婚したくなかったのと、貴族をやめたかったからです」

周りに誰もいないことを確認してから、素直に教える。もう聞かれたらこの理由で答えることにしよう、とちょっと遠い目で心に決めた。

異世界やら神やらの説明をしたところで、理解なんて得られないだろう。

やっと立ち上がったヴォルフは真っ直ぐにレフィーナを見つめた。

「なるほどな。それで、俺にまで暴言《ぼうげん》を吐いてたのか。……婚約破棄をレオン殿下に進言させるために」

「……はい。利用して……暴言《ぼうげん》を吐いてごめんなさい」

「いや、騙《だま》された俺が悪い。俺もお前の表面だけ見て、悪口を言ってすまなかった」

すっきりとした表情でヴォルフは笑った。

初めて見るヴォルフの笑顔を、レフィーナはこれ幸いと、じっと見つめることにする。

狼《おおかみ》のように鋭《するど》い金色の瞳が細められると、随分と優しい印象になるようだ。

「……なんで、そんなにじっと見つめてくるんだ？」

「目の保養になるかと思いまして」

「は？」

イケメンはいいな、と場違いなことを思いながらうんうんと一人で納得した。

ヴォルフはそんなレフィーナに首を傾《かし》げている。

「ヴォルフ様は顔立ちが整っていますからね」

「……お前の好みの顔なのか？」

少しからかうような色を瞳に宿したヴォルフが、ぐっと顔を近づけた。

しかし動揺するどころか、近づいた顔を遠慮なく見つめるレフィーナに、ヴォルフの方がたじろぐ。

「なんか、他人事だな」

「他人事？」

「俺はお前に迫っているのに、お前は自分が迫られているとは思っていないようだ」

「迫ってたんですか？」

「いや、迫ってたというか……からかってたんだが……」

決まり悪そうに離れたヴォルフは、はっとしたように懐中時計《かいちゅうどけい》を見る。そして、少し慌てた様子でレフィーナの方を見た。

「悪いな、もう行かないと。じゃあな」

それだけを言い残してヴォルフは足早に去っていった。おそらくレオンのところへ行ったのだろう。

その背を見送ったレフィーナは、先ほど言われた言葉を反芻《はんすう》した。

ヴォルフの言った通り、レフィーナのことは雪乃にとって他人事だ。演じる役であり、雪乃の魂が入っただけの肉体。

心と体がバラバラで、だからこそレフィーナがどれだけ悪役になろうと、どれだけ嫌われて悪口を言われようと、それは雪乃のことではないからまったく気にならなかった。もう雪乃ではなくレフィーナなのだから、それではいけないのだが……雪乃としての未練が多すぎる、と苦笑いを浮かべる。

神やドロシーのこと。そして、何より空音に直接会って元気な姿を見たい、という雪乃としての願いがまだ残っているのだ。

「ままならないわね」

雪乃としての未練がなくなって初めて、新たな人生を歩める。今はまだ、レフィーナを演じる雪乃でしかない。

深く考え込んでいたら、ぽんっと肩に手を置かれて、びくりと体を震わせた。

慌てて後ろを振り向けば、メラファがきょとんとした顔で立っている。

「どうしたの？」

「あ……ちょっと考え込んでいて……驚いただけよ」

「そっか、驚かせてごめんね。ドロシー様の準備は終わったんだよね？　部屋に戻ろう？」

「ええ」

レフィーナはメラファの言葉に返事をしながら頷《うなず》いた。

二人並んで廊下を歩いていく。

「何を考えていたの？」

「うーん……、自分についてかな……。知りたいこともやりたいことも、ままならなくて。答えを知る人にも会えないし」

「そう……」

吹き抜けの廊下に出たレフィーナの亜麻色《あまいろ》の髪を風がさらっていく。

レフィーナはどこかぼんやりとしながら、メラファより数歩前を歩いていた。

そんな二人に、ゴォッと一際《ひときわ》強い風が吹きつける。

「……それが、君がレフィーナとして生きられない原因かい？」

「え？」

強い風に乗って聞き覚えのない男の声が聞こえて、レフィーナは目を見開いた。

慌ててキョロキョロと周りを見るが、自分とメラファの他には誰もいない。

「あれ？」

「どうかしたの？　レフィーナさん」

足を止めたレフィーナに、メラファが不思議そうに声をかけた。

「今、男の人の声が……」

「男の人の声？」

メラファには聞こえていなかったのか、きょとんとした顔をしている。

幻聴《げんちょう》だろうかと首を傾《かし》げながら、レフィーナは再び歩き出した。

◇

舞踏会《ぶとうかい》でドロシーとレオンの婚約と結婚式の日程が公表された日から、使用人たちは仕事に追われていた。

隣国からの賓客《ひんきゃく》の宿泊準備や式の準備が日常業務にプラスされ、城中がバタバタとしている。レフィーナも例外ではなく、ちょっと前まで考えていたことも今は忘れてしまっていた。

「レフィーナ、騎士団長にこれを渡してきていただけますか」

「はい」

正式に侍女長に任命されたカミラがレフィーナに一枚の紙を渡す。どうやら賓客《ひんきゃく》の名簿のようだ。城門でチェックするときに必要なものだろう。

レフィーナはバタつく城の中を早足で歩いて、城門にある騎士の詰所《つめしょ》に向かう。

到着して中を覗《のぞ》き込むが、あの大きな体躯《たいく》は見つけられなかった。

「すみません、ザック様はどちらに？」

「ん？　あぁ、多分訓練所の方ですよ」

「そうですか。ありがとうございます」

デレデレと鼻の下を伸ばす騎士には気づかずに、レフィーナは礼を言って訓練所へ向かう。

訓練所に近づいていくと剣がぶつかり合う甲高《かんだか》い音が響いてきた。

「そこ、剣を振るのが遅い！　今の隙《すき》に切り捨てられるぞ！」

「は、はいっ！」

「お前は守りが雑だ！　しっかりと敵の動きを見て防御しろっ！」

「はいっ……！」

騎士たちの間を歩きながら檄《げき》を飛ばすヴォルフが目に入る。声を張り上げるヴォルフの凛《りん》とした副騎士団長としての姿だ。

訓練している騎士たちをぐるりと見回したレフィーナは、目的の人物を見つけてそちらに歩いていく。

「ザック様」

「む？　どうかしたか？」

「これを。カミラ侍女長からです」

「おぉ！　賓客《ひんきゃく》のリストだな！」

書類を受け取って確認したザックは、にかっといつもの笑みを浮かべた。

レフィーナに気づいた騎士たちがチラチラと視線を向ける。

サラサラの亜麻色《あまいろ》の髪に、緋色《ひいろ》の瞳が印象的な美しい顔立ち。そして、令嬢だったときの名残《なごり》である気品あふれる雰囲気。それらが騎士たちの視線を釘付けにしている原因なのだが、肝心のレフィーナは気づいていない。

「毒花《どくばな》なんて言われてたけど、侍女になってからは心を入れ替えたんだよなぁ。今の雰囲気、柔らかくていいよな」

「あぁ……。今朝、にっこり笑って挨拶《あいさつ》してくれた」

「時々見かける憂《うれ》いを帯びた表情が、こう……騎士として守りたくなるというか……いだっ！」

詰所《つめしょ》の騎士と同様にレフィーナに鼻の下を伸ばす騎士たちの頭に、とんでもない衝撃が走った。倒れ込んだ騎士たちは頭を押さえながら、無様《ぶざま》に地面をのたうち回る。

彼らに制裁を加えた本人であるヴォルフは不機嫌そうに、金色の瞳を細めた。

「お前ら、訓練中にいい度胸だな」

低い声を出しながらふっと黒い笑みを浮かべたヴォルフに、騎士たちが震え上がる。

さっと立ち上がって真面目な顔で打ち込みを再開した。

「あっはっは。皆、お嬢ちゃんに見とれてヴォルフに怒られているな」

「私に見とれる要素がありますか？」

「……ぶわっはっは！　こりゃあ、面白い！」

急に豪快に笑い出したザックにレフィーナはついていけず、きょとんとした表情を浮かべる。

とりあえず頼まれた仕事は終えたので、カミラのもとへ戻ることにした。

「では、私はこれで失礼いたします」

「あぁ、ご苦労さん」

ぺこりとお辞儀《じぎ》してザックから離れる。なんとなくもう一度騎士たちを見回せば、ばちっとヴォルフと目が合った。

このまま去るのも無愛想か、と笑みを浮かべてから訓練所を後にする。

レフィーナが去った訓練所では、笑みを向けられたヴォルフを騎士たちが囃《はや》し立て、ボコボコにされるということが起こっていた。

そんなことなど知る由《よし》もないレフィーナは、侍女たちの集会所へと戻ってきた。

「カミラ侍女長、ザック様に届けてきました」

すぐにカミラに報告をする。

「ありがとうございます。後はメラファと合流していつもの業務に戻ってください」

「はい、分かりました」

「あぁ、それともう一つ」

「なんでしょうか？」

「明日はあなたがお休みを取ってください」

忙しい侍女たちは順番に休みを取っている。通常は前もって日程を組むのだが、今はバタバタしているのでカミラが全員の仕事状況を見て休みを決めていた。

「はい、分かりました」

レフィーナはカミラにお辞儀《じぎ》してから、メラファのもとへ急ぐ。今日は客室の清掃をしているはずだ。

すぐにメラファと合流して自分も掃除を始める。

「じゃあ、明日はお休みなんだね」

「うん」

「何か予定あるの？」

「そうね……、街にでも行こうと思ってるわ」

手際よく窓を拭《ふ》きながら、床掃除をするメラファに答える。

街に行って少し気分転換をしよう、とレフィーナは手を動かしながら明日の予定を立てたのだった。

◇

翌日、いつもより少し遅く起きたレフィーナは、予定通り街に行くために準備を始めた。

城に来たときと同じ地味な紺色《こんいろ》のワンピースに着替え、いつも通り薄く化粧を済ませる。

今日は髪は結ばず、後ろに流している。

「さて、行こうかな」

姿見でおかしいところがないかチェックしてから部屋を出て、相変わらずバタバタと騒がしい城内を抜ける。

城門に着くと見張りの騎士たちに軽く挨拶《あいさつ》をしてから、王都に向かって歩き出した。

城は街より高い場所に建てられているため、少しの間は下り坂を歩いていかなければならない。

行き交う人々でそこそこ込み合った道を歩きながら、レフィーナはふっと後ろを見た。

「……？」

誰かに見られているような気がしたのだが、ぱっと見た限りでは使用人らしき女や、帽子をかぶった男がいるだけで、特に怪しい動きをする人はいない。

まぁ、気のせいだろう、と結論を出して坂道を下り終え、街の中へと足を踏み入れた。

「馬車の中からしか見たことなかったけど……結構色々なお店があるわね……」

令嬢時代は目的地まで馬車で移動、といった生活だったために、街を歩いて見て回るなんていうことはなかった。

レフィーナにはそれがとても窮屈《きゅうくつ》だったが、今の身分なら好きなようにブラブラと見て回れる。

人通りが多い中をぶつからないように歩きながら、ふと目についたカフェへ足を運ぶ。

カフェの扉を開ければ付いていた鈴がカランカランと鳴った。

「いらっしゃいませ。どうぞこちらに」

店員に案内されてカウンター席に座ると、カウンターの中にいた男性がぺこりとレフィーナに会釈した。

どうやら、カールした髭《ひげ》が印象的なこの男性が店長らしい。

「コーヒーをお願いします」

「はい、かしこまりました」

紅茶が主流な国だが王都ともなれば、この店のようにコーヒー専門の店なんかもある。

出されたコーヒーを味わいながら、落ち着いた雰囲気の店内を見回す。店長の後ろの棚にはこだわって揃《そろ》えたのであろうコーヒーカップがインテリアのように飾られている。

そんな中、嫌な空気と視線を感じ取ったレフィーナは、もう一度何事もないかのように店内を見回した。

しかし、こちらを見ている人はいない。

「これ、サービスです。よかったらどうぞ」

店長が小皿に乗ったクッキーをレフィーナの前に置いた。レフィーナは不思議に思ったものの、あぁとすぐに店長の意図を悟る。

小皿の下に紙が挟まっていたのだ。これを読めということだろう。

不自然にならないようにこっそりとその紙を開いて、書かれた文章に目を通す。

『あなたをずっと見ている女性がいます。扉側の窓際です』

紙にはそう書かれていた。

そのとき、タイミングよくカランカランと音を立てて扉が開いたので、それとなくそちらに視線を向ける。

店長が教えてくれた場所に座っていたのは、城から出たときに見かけた使用人風の女だった。

「……ありがとう、もう行くわ」

「またのお越しをお待ちしております」

レフィーナは何も気づかないふりをしてコーヒーの代金を払い、外に出る。

そのまま人込みの中に紛《まぎ》れようとして、ふと先ほどの帽子をかぶった男がいることに気がついた。こちらを見ていたその男と目が合ってしまい、レフィーナはさっと身を翻《ひるがえ》す。

そこへカフェにいた女がタイミングよく出てきて、レフィーナを睨《にら》みつけた。

何が目的かは知らないが、完全にターゲットにされている。不穏な空気を感じるあたり、よくないことを企《たくら》んでいるのだろう。

ドンッ！

「あっ……！　ごめんなさい！」

どうにかして撒《ま》こうと考えていたら人に勢いよくぶつかってしまい、レフィーナは思わず声を上げた。ぶつかった相手はレフィーナより背が高く、見上げれば真っ白なフードが顔の半分以上を覆《おお》い隠している。

見るからに怪しい姿なのに、レフィーナは不思議と警戒心を抱かなかった。

「……来なさい」

辛うじて見えていた口から発せられた声は男性のものだ。それに引っかかるものを感じたレフィーナの手首をフードの男が掴《つか》む。

ひやっとした手の感触に驚く暇もなく、ぐいっと引っ張られてレフィーナの足が動き出す。

「あ、の……！」

「……あいつらは君に危害を加えようとしている。私が安全なところまで連れていってあげよう」

フードの男の声をもう一度聞いたレフィーナは、先ほどの引っかかりの正体に思い当たってはっとした。

この声はメラファといたときに風に紛《まぎ》れて聞こえた声だ。

「あ、あなたは……!?」

レフィーナの問いに返事をすることなく大通りから裏路地に入り、するりするりと迷いなく進んでいく。

後ろからはバタバタと複数の足音がしていた。やはり、レフィーナが目的らしい。

「……はぁっはぁっ……！」

「……もう大丈夫かな」

いくつかの角を曲がったところで、ようやくフードの男は足を止めた。追ってきていた足音は聞こえなくなっており、どうやら上手く撒《ま》けたらしい。

フードの男は息が上がっている様子もなく、レフィーナの手首を掴《つか》んでいた手を離した。

「あの、あなたは……」

「……アレルが騎士を連れてこちらに向かっている。その騎士に保護してもらうといい」

男の口から出た名前にレフィーナは目を見開く。

アレルとはレフィーナの……雪乃の前に現れた妖精の名前だったから。

「……っ！」

問いかけようとしたレフィーナの唇に、フードの男が冷たい人差し指を押しつけた。

口を開くことができなくなったレフィーナは、ただ唇を震わせる。

「……君の中に疑問があるのは分かっている。……だけど、もう少しだけ待ってくれないかい？　終わったら……必ず、すべて話すと約束する」

レフィーナの後ろからさっきとは別の足音が聞こえてくると、唇に触れていた指がすっと離れる。

足音はおそらくアレルが連れてきたという騎士のものだろう。

「あなたは……っ！」

「……おい！　誰かいるのか！」

レフィーナの声は思いのほか路地に響いて、駆けつけてきた騎士にも聞こえたようだ。

騎士の声に気を取られたレフィーナの耳元に、フードの男が顔を近づけて囁《ささや》く。

「いずれまた会おう……雪乃」

レフィーナがまばたきをした一瞬の間に、男の姿がかき消える。

その直後に騎士が到着した。

後ろを振り向けば、ヴォルフが驚いたようにレフィーナを見つめている。騎士とはヴォルフのことだったらしい。

「……怪我はないか？」

「え？」

「女性が怪しい奴らに追われていると聞いて、そこの男に案内してもらったんだが……」

そこの男、と言いながらヴォルフは親指で自分の背後を指し示した。しかし、そこには誰もいない。

レフィーナの微妙な反応に、ヴォルフも後ろを振り返って驚いたように辺りを見回したが、それらしい人物どころか人っ子一人いなかった。

「さっきまでたしかに……」

フードの男がレフィーナの思っている通りの人物で、アレルというのがあの妖精だとするならば、不思議な力で姿を消したのだろう。

おそらく捜《さが》したところで見つかることはない。

「あ、あの、私は大丈夫ですので」

ヴォルフは首を傾《かし》げていたが、レフィーナが声を出したことでこちらに意識を向けた。

「誰に追われていたんだ？」

「え……さ、さぁ？」

「……追われるような心当たりは？」

ヴォルフの言葉にレフィーナは考え込む。

ドロシーとは和解したし、レオンはこういう回りくどいやり方はしない……

そこでふと、ヴォルフに視線を移す。

そういえばあんなに嫌っていたレフィーナを意外とあっさり許したものだ。

レオンとドロシーの仲に嫉妬《しっと》して嫌がらせしていたにしても、レオンと結婚したくなくてわざと悪役を演じていたとしても、自分勝手な行動であることに変わりはない。

レオンを欺《あざむ》きドロシーを傷つけてまですることか！　とヴォルフなら怒りそうなものだが。

かなり怪訝《けげん》な顔をしていたのだろう。ヴォルフが口端《くちは》を引きつらせた。

「おい、なんだその人を疑うような顔は」

近づいてきたヴォルフがレフィーナの頬《ほお》をむにっと引っ張った。

「いひゃいれす」

「俺じゃないぞ」

「わかってまひゅへど」

「じゃあなんだ」

「……いえ、なんか急に心の距離が近いなって」

解放してもらった頬《ほお》を労《いたわ》りながらちらりとヴォルフを見て、レフィーナは目を見開いた。

ヴォルフの顔が耳まで真っ赤に染まっている。

「え……」

「見るな！」

ぐるん、と体ごと後ろを向いたヴォルフにレフィーナは呆然とした。

『お嬢ちゃんの態度の違いが気になって悶々《もんもん》としているかもしれんぞ！』

ザックの言葉を豪快に笑う姿と共に思い出し、その言葉を追い払うかのように、レフィーナはブンブンと頭を横に振った。

「……ないないないない……」

「……い、言っておくが……すんなりお前を許したのは、お前が王妃殿下と対話したということを騎士団長から聞いたからだ！」

「え？」

「王妃殿下が何も言わないなら、俺が騒ぎ立てることじゃない。それに、結婚って大切なことだろ……。貴族は親に決められた相手と結婚しないといけないが、それが嫌だって思うのは普通のことだ。……結果としてレオン殿下とドロシー嬢は幸せそうだしな」

どうやらレフィーナの考えすぎだったようだ。

ヴォルフは案外女性の気持ちが分かるというか……根は優しいのだろう。

「それより、話がずれている！」

「あ、そうですね……。追われるような心当たりでしたか……」

再度、思考を巡らせる。

一番可能性がありそうなのは解雇《かいこ》された侍女長だが、今は国境付近のダンデルシア家で厳しい監視つきの生活を送っているはずだ。レフィーナを逆恨みして復讐する、なんてことはできないだろう。

となれば、あとは一人しかいない。

「もしかしたら、ミリー様かもしれません」

「ミリー嬢？」

「レオン殿下の婚約者であったときに色々されましたので。手紙にガラス片が入っていたり、階段から突き落とされそうになったり……。だから、手荒なことをしてきてもおかしくないと思います。……ただ、私はもうレオン殿下の婚約者じゃありませんし、身分もミリー様よりずっと下。わざわざ手を出す理由がありませんね」

ミリーはレフィーナよりよっぽど悪役令嬢に向いていそうな人物だった。まぁ、彼女の嫌がらせは見え透《す》いたものばかりだったので回避《かいひ》するのも簡単だったが。

ともかく、ミリーならばやりかねないが、その動機が思いつかなかった。

「お前、そんな嫌がらせを受けていたのか……！」

「はい……？」

ヴォルフはミリーのことよりも、レフィーナが受けた嫌がらせの方が気になったようだ。

急に気遣わしげな表情になったかと思うと、ぱっとレフィーナの手を取ってじろじろと見始める。不可解な行動にレフィーナは首を傾《かし》げた。

「痕《あと》とか残っていないか……？　あぁ、そうだ、先日侍女長に鞭打《むちう》ちされたところも……！」

「お、落ち着いてください。ミリー様の嫌がらせなら何一つ成功してませんから！　それに、鞭打《むちう》ちの傷もヴォルフ様の薬のおかげで痕《あと》一つ残ってません！」

「……そ、そうか」

レフィーナの言葉で落ち着きを取り戻したらしいヴォルフは、彼女の手を放した。

「……お前、この後の予定は？」

「買い物をしようと思ってたんですが……今日は帰った方がいいでしょうね。一人では危険ですし」

「……俺でよければ付き合うぞ」

「え？」

「どうせ見回りをしていたんだ。お前に付き添うくらい問題ない」

城にいる騎士たちは王都の治安を守るための見回りも行《おこな》っている。そしてヴォルフやザックはそんな騎士たちがきちんと仕事をしているか、相応《ふさわ》しくない行動を取っていないか、などを抜き打ちでチェックするのだ。

今日のヴォルフの仕事もそれにあたるのだが、別に決められたルートがあるわけではないので、レフィーナに付き添いながらでも問題ないらしい。

「でも……」

「お前が城に帰るにしろ、このまま買い物をするにしろ、一人にするわけにはいかないんだ。だったら買い物に付き添いつつ見回りをして、一緒に帰る方が楽だろ」

「……では、お言葉に甘えて……」

なんだか上手く丸め込まれたような気がしないでもないのだが、レフィーナは素直に甘えることにした。今城に戻っても、フードの男について悶々《もんもん》と考え込んでしまうだけだ。

それに、副騎士団長であるヴォルフと一緒なら、先ほどの怪しい奴らも手を出してくることはないだろう。もしまた尾行《びこう》されたら彼らの目的や、本当にミリーが関係しているのかどうかが分かるかもしれない。

「で、どこに行くんだ？」

「そうですね……まずは……」

「まずは？」

行きたい店が沢山あるため迷いながら考えていれば、ヴォルフが言葉の続きを催促《さいそく》してきた。

とりあえず一番近い店を選んで、レフィーナはそれを伝える。

「服屋に行こうと思います」

「そうか。じゃあ行くぞ」

服屋だと時間がかかるだろうから、着いたらヴォルフには周辺を見回っていてもらおう。店の中なら人もいるし、そう危なくはないはずだ。

ヴォルフと共に大通りへ向かいながら、レフィーナは考えをまとめる。

裏路地から大通りに入ろうとしたところでヴォルフが足を止めた。相変わらず大通りは人が多い。

「ヴォルフ様？」

「……………腕に掴《つか》まっていろ。はぐれたら面倒だ」

ヴォルフはレフィーナに顔を向けることなくそう言った。

手を繋ぐとなると恋人同士のようで恥ずかしいが、腕ならばエスコートされるときにも掴《つか》まるところなので抵抗は少ない。

レフィーナはそっとヴォルフの腕に手を添えた。見た目は細いのに、しっかり筋肉がついているのが服の上からでも分かる。

「しっかり掴《つか》んでおけよ」

「ありがとうございます」

少し手に力を込めれば、ヴォルフが歩き始めた。きちんとレフィーナのことを考えてくれているのか、速すぎず遅すぎず歩きやすい速度だ。

はぐれる心配がないようなので、レフィーナはあの怪しい奴らがいないか、ざっと周辺を見回した。

さっき撒《ま》いたからなのか、ヴォルフと一緒だから諦《あきら》めたのか、近くにはいないようだ。

「あ、ヴォルフ様。あのお店です」

「ん？　あぁ、分かった」

近くにいる騎士たちの様子を見ていたヴォルフは、レフィーナの指差す方に視線を移して頷《うなず》いた。

レフィーナは店の前まで来るとヴォルフの腕から手を離す。

「少し時間がかかると思いますし、お店の中なら安全でしょうから、ヴォルフ様はこの辺りで仕事をしていてください」

「そうだな。……勝手に店から一人で出るなよ」

「分かっています。では、また後で」

「ああ」

ヴォルフと別れて店に入る。

店の中には数人の客がいた。レフィーナもその中に紛《まぎ》れながら、目についた服を手に取る。

貴族たちの着る服はフルオーダーの品だが、庶民たちは既製品《きせいひん》を買って簡単なサイズ直しだけしてもらうのが普通だ。

「うーん」

侍女見習いとはいえ一応給料はもらっている。しかし、そう多くはないので何着も買うなんてことはできない。

悩みながら服を見ていれば、女性の店員が近づいてきた。

「ねぇ、ちょっとこっち向いてくれない？」

「え？」

「……うんうん。いい感じだわ」

　女性の店員に遠慮なく顎《あご》を掴《つか》まれて、無理やり左右を向かされる。

　何がなんだか分からないレフィーナがされるがままでいれば、納得したらしい店員が店の奥に向かって声を張り上げた。

「店長ー！　いい子見つけましたー！」

「はぁーい！　……あらー！　本当にいい子見つけたじゃない！」

　店の奥からカツカツとヒールを鳴らして出てきた人物が、レフィーナを見て嬉しそうに声を弾《はず》ませた。

　レフィーナはその人物を見てぎょっとする。

「ザ、ザック様……!?」

　あの熊のような体躯《たいく》の騎士団長が女性の格好をして、女性のような口調で話している。

　思わず名前を呼んだレフィーナに、その人物はおやっと片眉をつり上げた。

「ザックちゃんの知り合いなのぉ？」

「ザック……ちゃん……っ!?」

「そういえば、この子がヴォルフ様と一緒にいるの、お店の窓から見ましたよ」

「あらぁ、そうなの！　初めまして！　あたしはこのお店の店長で、ザックちゃんの双子の兄のダット・ボレルよ！　よろしくねぇ！」

濃い。キャラが濃い！　レフィーナは差し出された手を握りながら、心の中で思わず突っ込みを入れた。

冷静になってよくよくダットを見てみれば、ザックよりも小柄で筋肉も少ないようだ。

しかし双子なだけあって顔はそっくりなので、ザックを知っている分、より強烈に感じる。

というか、この店がダットの店であることをヴォルフは知らなかったのか、あえて言わなかったのか、はたしてどっちなのだろう。

「それでね、あなたのお名前を聞いてもいいかしら？」

「あ……レフィーナと申します」

「レフィーナちゃんね！　カレン、あなたはもう仕事に戻ってくれる？　ありがとうねぇ！」

「はーい」

女性店員が去り、レフィーナはダットと二人で話すしかなくなった。

ザックの兄ならば悪い人ではないだろうが、強烈すぎて扱いに困る。

この店について教えてくれた先輩侍女は、きっと面白がって黙っていたに違いない。

レフィーナはそのときの、やけにニヤニヤした先輩侍女の顔を思い出した。

「それでね、レフィーナちゃん。実はお願いがあるのよ！」

「は、はぁ……なんでしょうか……？」

「このお店の服を着てくれないかしら⁉」

「……？」

話が見えず、レフィーナは首を傾《かし》げた。

ダットはキラキラした目でレフィーナを見つめている。

「実はね、ちょっと売上が伸び悩んでてね……。綺麗な子にこのお店の服を着て、街を歩いてアピールしてほしいのよ！」

「それを私に？」

「そう！　着た服はそのままプレゼントするけど、駄目かしら？　ただ着て歩いてもらうだけでいいの！　それに、ヴォルフちゃんとデート中なんでしょ？　とびきり可愛くしてあげるから！」

「デート、ではないですが……」

「もう！　照れちゃって！　可愛いわ！」

デートでも照れているわけでもないのだが、ダットはすっかりそう思い込んでいるようだ。頬《ほお》に片手を添えてくねくねしている。

この勘違いを訂正するには相当骨が折れるに違いない。もうこのままでいいや、とやや投げやりになるレフィーナだった。

「それでどうかしら？」

「……私では力不足だとは思いますが、着て歩くくらいなら構いません」

「あーん！　ありがとう！　レフィーナちゃんは美人さんだから力不足なんかじゃないわ！　引き受けてくれて嬉しい！」

着て歩くだけで服がもらえるならお得だし、変な服でなければまぁいいかとレフィーナは提案を受け入れた。

ダットに案内されて店の奥に行けば、デザイン画や色とりどりの布で散らかっていた。

ダットは布に埋もれていた椅子を引きずり出してくると、レフィーナに座るように促《うなが》す。

「ちょっと待っててねぇ」

ダットは椅子に座ったレフィーナを見ながら、既製品《きせいひん》の服を持ち上げては戻すという動作を繰り返している。

どうやらレフィーナに似合う服を吟味《ぎんみ》しているようで、口を閉じて真剣に選んでいた。

真面目にしていると雰囲気がザックに近くなる。……もっともその真面目な顔には濃いめの化粧が施《ほどこ》されているため、迫力はある意味ザックよりも強いかもしれない。

特にすることがないレフィーナがどうでもいいことを考えていれば、やっと選び終えたらしいダットが服を持ってきた。

「これに決めたわぁ！　着てくれるかしら」

「はい」

「靴《くつ》はこれね。じゃあ、あたしはあっちにいるから終わったら来てちょうだい！」

「分かりました」

レフィーナに服を渡すと、ダットは店内に戻っていった。

渡された服を空いていたテーブルに置いて、地味な紺色《こんいろ》のワンピースを脱ぐ。そして、テーブルの上の服を手早く着ていく。

胸元と袖口《そでぐち》にたっぷりのフリルがあしらわれている白色のブラウス。

襟元《えりもと》には黒色のレースリボン。

下はワインレッドのコルセットスカート。

靴《くつ》はショート丈の黒色のレースアップブーツ。

それらを身につけてダットのもとへ向かう。

「ダットさん、着ましたけど……」

「あらぁ、可愛いわ！　やっぱりあなたに頼んで正解ねぇ！」

ダットが満足そうにうんうんと頷《うなず》いた。

レースやフリルが使われた服は上流階級ではよく着られるが、下流階級ではあまり見かけない。どうやらダットは上流階級だけではなく下流階級にもそれらを流行《はや》らせたいようだった。

「嬉しいわぁ……。ふふっ、ヴォルフちゃんもきっと気に入るわよ！　あ、着ていた服はこの袋に入れてね」

「ありがとうございます」

「むふっ……これで庶民の間にもこういう可愛い服が流行《はや》るわ！」

ふんっと鼻息を荒くして語るダットから、レフィーナは紙袋を受け取る。

フリルやレースをふんだんに使った服を取り扱っているこの店も、ダットの狙い通りになれば今よりもっと客が増えるだろう。

レフィーナは着ていた服や靴《くつ》を取りにさっきの部屋へ戻り、それらを紙袋に入れて再びダットのところへやってきた。

「そういえば、レフィーナちゃんってザックちゃんとも知り合いだったわねぇ？　もしかして、お城勤めなの？」

「はい、そうです」

「そぉ。ザックちゃん、ちゃんとやれてる？　もうしばらく会ってなくてねぇ……」

「そうなんですか？」

「そうなの。会わないと心配でねぇ」

ダットは頬《ほお》に手を当ててそう言った。

その様子からレフィーナは空音のことを思い出した。空音が大人になっても姉として心配で仕方ない。

それと同じでダットにとってのザックは双子でありながらも可愛い弟なのだろう。

「ふふっ、こんな歳にもなって心配してたら変よね」

「いえ、そんなことはありません。私にはその気持ちがよく分かります……」

「レフィーナちゃん？」

知らないうちに暗い表情になっていたらしいレフィーナは、ダットの言葉にはっとして口元に笑みを浮かべる。

「ザック様は、人望も実力もある立派な騎士団長様ですよ。たまには会ってお話ししてはいかがですか？」

「……そうね。レフィーナちゃん、ザックちゃんを見かけたら、今度お酒でも飲みに行きましょうって伝えておいてくれるかしら？」

「はい、伝えておきます」

「ありがとう。……ちょっと時間がかかってしまったわねぇ。ヴォルフちゃん、もう迎えに来てるんじゃない？」

ダットはそう言いながら、ちらりと店の窓を見た。そこからはヴォルフの姿は見えないが、たしかにそこそこ時間がかかったので、もう店の近くで待っているかもしれない。

「長々と引き止めてごめんなさいね。また、いつでも顔を出してちょうだい！」

「はい、また来ます」

「ふふっ、服の宣伝もよろしくねぇ！」

ダットの言葉に軽く頷《うなず》いてからレフィーナは店を出る。

せっかくもらったのだし、色んなところを歩いてアピールして、城の侍女たちにもそれとなく宣伝しておこう。

外に出ればヴォルフが店の壁に寄りかかって立っていた。やはり、もう見回りを終えてレフィーナを待っていたようだ。

「ヴォルフ様、お待たせしてすみません」

「……いや、そんなに待ってな……」

ヴォルフは途中で言葉を切って、ぷいっとレフィーナから顔を背《そむ》けた。

ダットに選んでもらった服だから変ではないと思うのだが、ヴォルフの反応を見てレフィーナは心配になる。

「あの、似合ってませんか……？　店長さんに選んでもらったのですが……」

「い、いや。よく似合っている」

「そうですか、それならよかったです」

レフィーナはなぜか顔を背《そむ》けたままのヴォルフに首を傾《かし》げながらも、『似合っている』という言葉にほっとした。

もしかしたら下流階級では見かけない服装だから戸惑ったのかもしれない。そう思いながら、なんとなく周りを見回す。

何人かの通行人と目が合って、ぱっと目を逸《そ》らされた。

「そろそろ行きましょうか」

「あ、あぁ。そうだな」

また差し出されたヴォルフの腕に手を添えて、レフィーナは歩き始める。

「そういえば、ヴォルフ様はあのお店がダットさんのお店だって知っていたんですか？」

「いや、知らなかったが……そうなのか？」

「はい。ザック様にそっくりですね。……性格とかは全然違っていましたが」

「あぁ……中々凄い人だろ。色んな意味で」

「まぁ、最初は驚きましたけど、途中からは気にならなくなりました」

キャラは濃かったものの悪い人ではなさそうだった。

ザックもダットも忙しいだろうが、すぐ会える距離にいるのだ。ザックを心配していたダットのためにも、きちんと伝言を伝えなければとレフィーナは改めて思う。

「その服はダットさんに選んでもらったんだったな」

「はい。宣伝するかわりに、タダで頂いたんです」

「そうか」

「それよりヴォルフ様。そろそろお昼ですから食事にしませんか？」

「そうだな。何か食いたいものあるか？」

ヴォルフの問いにレフィーナはうーんと考える。食べたいものが沢山あって悩む。

屋台で売られているものにも目がいくし、料理屋から流れてくるいい匂いにも惹《ひ》かれてしまう。

「ヴォルフ様は何か食べたいものないんですか？」

「くくっ……決められないのか？」

レフィーナが結局決めきれなくて問いかければ、ヴォルフが小さく噴き出した。

どうやらあちこちの食べものに気を取られていたのに気づいていたらしい。

「……どれも美味《おい》しそうなのが悪いんです」

「じゃあ、俺がよく行く店でいいか？」

「はい」

こうして二人の昼食の場所はヴォルフの行きつけの店に決まったのだった。

◇

「ここだ」

ヴォルフに連れられてきた店はこぢんまりとした料理屋だった。

中に入れば小さいながらもそこそこ客がいて、それなりに混んでいる。

「おー！　ヴォルフじゃないか！　よく来たな！」

客の前に美味《おい》しそうな料理が乗った皿を置きながら、店主らしき男性がヴォルフを見て声をかけてきた。

ヴォルフはそれに軽く手を上げて応《こた》える。そして空いていた窓際のテーブルまで歩いていくと、腰に携《たずさ》えていた剣を壁に立てかけてから座った。

レフィーナもヴォルフの向かい側に座る。

「お前がザックじゃなくて女性を連れてくるなんて、明日は雨じゃねぇだろうな？」

「雨なんて降るか」

「かぁー！　あんな無口なガキがこんな口利《き》くようになるなんてな！」

座っているヴォルフの焦げ茶色の髪を、店主が遠慮なくグシャグシャとかき混ぜた。

ヴォルフはむすっとした表情を浮かべているものの、振り払ったり怒ったりはしない。

まるで父親と息子のような姿にレフィーナはくすりと笑みを浮かべた。

「それにしても、こんなべっぴんさんを捕まえるなんて中々やるな！　ん？」

「別にそんな間柄《あいだがら》じゃない。それより、いい加減仕事しろ！」

「ははっ！　照れてやがる！　ヴォルフはいつものでいいだろ？　嬢ちゃんは何にする？」

「……えっと……」

じゃれ合う二人を見ていたレフィーナは急に声をかけられて、慌ててメニューを見た。

すると一つの料理が目に留まり、懐かしさに思わず顔を綻《ほころ》ばせる。

「じゃあ、オムライスをお願いします」

「……はいよ！　ちょっと待ってな！」

オムライスは雪乃と空音の大好物だった。

懐かしさと切なさを織り混ぜたような、そんな複雑な表情を無意識に浮かべたレフィーナを、ヴォルフはじっと見つめる。

レフィーナは見られていることに気づかず、料理が運ばれてくるまでぼんやりと過去に思いを馳《は》せていた。

「お待たせしたな」

店主の声でレフィーナは意識を現実に戻す。目の前に置かれたオムライスを見てから、ヴォルフの方に視線を移した。

ヴォルフの前に出された料理もまさかのオムライスで、レフィーナは目を丸くする。

それに気づいたヴォルフがちょっと恥ずかしそうに、視線を窓の外に投げた。

「……この料理は昔からよく食ってたからな。たまに食いたくなるんだよ」

「ふふっ。私も懐かしいです」

「懐かしい……？」

レフィーナははっとして口を噤《つぐ》んだ。

公爵令嬢だったレフィーナがオムライスを懐かしむことなんてありえない。

悪役令嬢として過ごしていたときは常に緊張感を保っていたが、目的を果たした今はすぐに気が緩《ゆる》む。そのせいか色々なことを前より考え込んでしまったり、今のように口を滑《すべ》らせてしまったりする。

真っ直ぐに見てくるヴォルフに、レフィーナはごまかすような笑みを浮かべた。

「いえ、食べたことはないのですが、公爵家の使用人からよく話を聞いていたものですから」

「話を？」

「ええ、そうですわ」

「……」

ごまかそうとして口調がつい悪役令嬢時代のものになっていた。そのことに気づかずニコニコと笑みを浮かべているレフィーナに、ヴォルフは口を開きかけたが結局何も言わずに閉じる。

「……食わないと冷めるぞ」

「そ、そうですね」

先に食べ始めたヴォルフを見て、レフィーナも自分の分のオムライスをスプーンで掬《すく》って口に運ぶ。

とろっとした卵が絡《から》んだ熱々のケチャップライスを、はふっと頬張《ほおば》った。

「美味《おい》しいですね！」

「あぁ、そうだな。ここは他の料理も旨《うま》いぞ」

「そうなんですね……。そう言われると他も気になります」

「また連れてきてやる」

オムライスを口に運びながら、なんてこともないようにヴォルフが言った。

レフィーナはなんだか不思議な気分になる。社交界では会えば目尻をつり上げて嫌そうな顔をしていたヴォルフが、今は穏やかな雰囲気で一緒にオムライスを食べている。

そして、レフィーナをまたここに連れてきてくれるという。

「ふふっ。まるで親しい友人ができたような気分です」

「……友人、か」

「ヴォルフ様？」

少し納得がいかないような顔をするヴォルフにレフィーナは首を傾《かし》げた。

何か間違ったことを言っただろうかと考えるが、よく分からない。

最後の一口を咀嚼《そしゃく》しながら、ふと窓の外に視線を移す。そして食べていたものをぐっと喉《のど》に詰まらせた。

「ぐっ、げほっ！」

「お、おい！　大丈夫か？　ほら、水！」

レフィーナはヴォルフからもらった水を飲んで苦しさから解放されると、窓の外を指し示す。

「ヴォルフ様！　私を追いかけてきた奴らが外に！」

「どこだ」

「あそこです！　……あっ！」

ヴォルフに知らせた瞬間、その人物たちは慌てた様子で人込みに紛《まぎ》れてしまった。

レフィーナが追いかけようとすれば、ヴォルフがそれを制止する。

「お前はここにいろ。顔は覚えたから俺が追う」

そう言い残すと返事も待たずに立てかけていた剣を掴《つか》んで、店の外に飛び出していく。

ヴォルフが出ていった後、レフィーナは言われた通り大人しく店の中にいた。しばらくの間、窓から外を見ていたが、まだヴォルフが帰ってくる気配はなさそうだ。

「？」

そんな中、ガラガラという音と共にやってきた一台の馬車が、レフィーナのいる店の前で止まった。凝《こ》った作りの馬車は一目で貴族のものと分かる。

従者が開けた扉から降りてきたのはミリーだった。

「……うわぁ……嫌な予感……」

それを見たレフィーナの口から心底嫌そうな声が出た。ミリーは店の中に入ってくると、整えられた眉をきゅっと寄せる。

「まぁ。なんて狭くて小汚ない場所なのかしら。庶民はこんな場所でしかお食事できないのね」

ミリーの言葉で店の中が一気に険悪な雰囲気になる。だが当のミリーはそんなことはお構いなしにレフィーナのもとまで歩いてくると、馬鹿にしたように歪《ゆが》んだ笑みを浮かべた。

「元公爵令嬢がこんなところでお食事とは……落ちぶれたものですわね。……それにしても、私《わたくし》の方から出向くことになるなんて誤算でしたわ」

「……朝から見知らぬ人たちが私の後をつけてきていたのは、あなたの差し金ですか？」

「ええ、そうですわ。でも、別に危害を加える気はなかったのよ。ちょっと、あなたを連れてきてほしいとお願いしただけですの。今は副騎士団長のお相手をしていることでしょう」

「……そのようなことをされては、あなたのお立場も悪くなりますよ」

「ふふっ。あれらは私《わたくし》が直接雇《やと》ったわけではないですから、問題ありませんわ」

問題だらけだと思うのだが。

相変わらず稚拙《ちせつ》なやり方だ、とレフィーナは小さくため息をつく。

誘拐まがいのことをしようとしたと、あっさり本人に暴露《ばくろ》しているあたり、頭の軽さが露見《ろけん》している。

「それで、そのようなことをしてまで私になんのご用でしょう」

「レフィーナ様、手を組みませんこと？」

「手を組む？」

「そうですわ。二人でドロシー様を引きずり下ろすのですわ」

ふんっと得意げに言い放ったミリーに、レフィーナは頭が痛くなった。

レフィーナが婚約者だったときには陰湿《いんしつ》な嫌がらせをしてきたくせに、今度は手を組んでドロシーを陥《おとしい》れる？

馬鹿馬鹿しくて言葉も出ない。

「あのレフィーナ様が自分をこんなみすぼらしい生活に追いやったドロシー様を、恨んでいないはずがありませんもの。協力してくださったら、私《わたくし》がお父様に頼んで公爵家に戻れるように計《はか》らいますわ」

どうやらミリーはレフィーナがドロシーを恨んでいると思い込んでいるらしい。

たしかに悪役令嬢時代のアレがレフィーナの本性であれば、ドロシーを逆恨みしているだろう。だが、今のレフィーナにはそんなことをする必要も理由もない。

「ふふっ。ドロシー様の侍女になるのも、あの副騎士団長に取り入ったのも、すべてそのためなのでしょう？」

「……は……？」

「あの犬猿《けんえん》の仲だった副騎士団長も、レフィーナ様の手管《てくだ》にあっさり落ちていますものね。私《わたくし》と手を組めばもっとやりやすいですわよ」

本格的に頭痛がしてきた。ミリーの中では勝手な妄想が現実になっているらしい。

どうやってミリーを追い返そうか、レフィーナは考えを巡らせる。ここはきっぱり否定するしかないだろう。

「あのですね、私はそのようなことは考えていません」

「……はぁ？　……まさか、副騎士団長に想いを寄せているのですか？」

「……はい……？」

「まぁ！　おやめになった方がいいですわ！　あんな気持ち悪い男なんて!!」

「気持ち悪い……？」

「母親と関係を持ったそうじゃない！　穢《けが》らわしいわ！」

顔を不愉快そうに歪《ゆが》めたミリーの甲高《かんだか》い声が響いて、店の中がざわめく。

どうしてミリーがヴォルフの過去を知っているのかは分からないが、その物言いにレフィーナの中で何かがぶちっとキレた。

「お言葉ですが、人の過去を非難する前に、ご自身の醜《みにく》さを自覚なさった方がよいかと」

「なっ！」

「それに、ヴォルフ様は国を守る立派な方です。そして、ここにいる方々は国を支える人々です。そのような方たちがいるからこそ国は成り立ち、あなたたちも裕福な暮らしができるのです。公爵令嬢ともあろう方がそれもわきまえず、あのように頭の軽い発言をするのはどうかと思いますが」

ミリーの顔が真っ赤に染まる。レフィーナは無表情でそれを真っ直ぐに見つめた。

「さらに言わせていただきますと、私はドロシー様を恨んではいません。ご自身の稚拙《ちせつ》な計画をこのように人の多い場所で披露《ひろう》しているようでは、いずれあなたも私のように公爵家の名を剥奪《はくだつ》されますよ？」

「……よ、よくも私《わたくし》を侮辱《ぶじょく》してくれましたわね！　あなたなんてもう公爵家の後ろ楯《うしだて》もないのよ!?　後ろ楯《うしだて》もない孤立した女なんて、私《わたくし》にはどうとでもできますわ!!」

「……後ろ楯《うしだて》なんかなくても味方ならいるさ」

今まで黙っていた客がぞろぞろと集まって二人を取り囲んだ。その中から店主が出てきてレフィーナの肩にぽんっと手を置く。

その場にいる者たちに取り囲まれて、ミリーはひゅっと短く息を吸い込んだ。

「俺たち全員、いや、それだけじゃねぇ。庶民は皆、きっと嬢ちゃんの味方になるさ」

「……皆さん……」

「分かったら、こんなみすぼらしい場所からさっさと失せな。馬鹿女」

馬鹿女、という言葉にミリーは怒りで顔を真っ赤にさせたが、味方がいない上に取り囲まれていては、さすがに言い返すだけの度胸はないようだった。

「……ミリー嬢」

ふと、輪の外からヴォルフの声が聞こえ、そこにいた人々がさっと道を開ける。ヴォルフの姿を見たミリーがすぐさま駆け寄ってその胸に抱きついた。

「副騎士団長様！　レフィーナ様が皆さんを唆《そそのか》して私《わたくし》をいじめるんですの！」

どの口が言うか、とレフィーナは深いため息をつく。取り囲んでいた人たちも呆れ果てた目でミリーを見ている。

だがミリーは気にしてないのか、必死に目を潤《うる》ませてヴォルフにすり寄っていた。

「怖いですわっ……！」

「……穢《けが》らわしいのでしょう？」

「えっ……？」

「私のことを穢《けが》らわしいと仰《おっしゃ》っていたではありませんか」

冷めた金色の瞳がすっと細められ、ミリーを射竦《いすく》めた。

ミリーはその鋭《するど》い眼差しと、先ほどの発言を聞かれていたことに、サーッと顔を青くする。

「そ、それは……」

「訂正しておきますが、私は母とそういった関係を持ったことは一度もありません。……どこで聞いたかは知りませんが、すべて鵜呑《うの》みにするのはいかがなものでしょう」

「そんな！　たしかに聞きましたわ！」

「……母が私をそういった目で見るようになったのは事実ですが、関係を持ったことはありません」

きっぱりと言い切られ、ミリーは言葉に詰まる。そして、すり寄っていた体をよろよろとヴォルフから離した。

しかし怒りが再燃《さいねん》したのか、開き直ったのか、レフィーナとヴォルフをギロッと睨《にら》みつける。

「……私《わたくし》を怒らせたらどうなるか……覚悟しておきなさい。……ドロシーもレフィーナも、副騎士団長も、みーんな消してやりますわ。ふふっ、そしてレオン殿下は……王太子妃の座は私《わたくし》のものになるのです」

「これだけの騒ぎを何事もなかったようにできるとでも？」

「ふふっ……。あの者たちを捕らえられなかったのでしょう？　証拠がないのですから、これくらいのことなら揉み消せますわ……。では皆様、ごきげんよう」

淑女《しゅくじょ》らしくドレスを持ち上げて挨拶《あいさつ》すると、ほの暗い表情に歪《ゆが》んだ笑みを浮かべて店を出ていった。

ミリーを乗せた馬車は来たときと同じようにガラガラと音を立てながら去っていく。やっと嵐が去ったことにレフィーナはふぅと息をついた。

「……お騒がせしてすみませんでした」

「嬢ちゃんは悪くないだろ！　まったく……あんなんだから貴族は嫌いなんだ」

「ヴォルフ様も巻き込んでしまってすみません」

「いや、お前が気にする必要はない。どう考えてもミリー嬢の暴走だろ。それに、ミリー嬢の言った通り、あいつらを取り逃がした」

ヴォルフが整った眉をぎゅっと寄せた。彼が取り逃がすくらいだから、そういったことに慣れた裏稼業《うらかぎょう》の者たちなのだろう。

ただの令嬢が裏稼業《うらかぎょう》の者とコネを持つわけがないし、ミリーは自分が直接雇《やと》ったわけではないと言っていた。

となれば、他の誰かが一枚噛んでいる可能性が高い。

父親か、はたまた別の誰かか。

俯《うつむ》いて考え込んでいたら、こんっと頭を小突《こづ》かれて、レフィーナははっと顔を上げた。

「こっちで調べておくからお前は考えなくていい。自分の身の周りにだけ気を配っておけ。……レオン殿下や陛下に報告して、ドロシー嬢の警備も厳重にするから、そっちも心配しなくていい」

「……はい」

「……それと、ありがとな」

「え？」

ヴォルフがふっと笑みを浮かべて、レフィーナの頭をポンポンと軽く叩いた。

レフィーナはきょとんとしてしまう。

「……怒ってくれて。それに、お前は穢《けが》らわしいとか気持ち悪いとか言わなかっただろう？」

どこか嬉しそうな眼差しを向けられ、レフィーナはふわっと口元を綻《ほころ》ばせる。

「だって、ヴォルフ様は副騎士団長を務める立派な方ですから。そうでなくとも、ヴォルフ様のことを気持ち悪いだなんて思いませんよ」

真っ直ぐな言葉を聞いてヴォルフの心に温かいものが広がった。そして、レフィーナの可愛らしい笑みに思わず見入るが、当のレフィーナはそれに気づいていない。

「おーい、お二人さん。いちゃいちゃするなら二人きりのときにしてくれー？」

「いちゃいちゃ？」

「やれやれ、無意識かぁ……。嬢ちゃん、中々大物だな」

意味が分からず首を傾《かし》げたレフィーナに、店主は苦笑いを浮かべている。

「……レフィーナ、すぐ城に戻ってもいいか？　ミリー嬢のことは早く手を回した方がいいだろう」

「あ……名前……」

これまで『お前』としか呼ばれていなかったので、思わず反応してしまう。

「……嫌か……？」

「いいえ、好きなように呼んでもらって構わないです！　では、すぐに城に戻りましょうか」

名前で呼んでもらえたのが嬉しくてレフィーナは笑う。城に来たときには絶対に無理だと思っていたが……この分なら友人くらいにはなれるかもしれない。

ヴォルフの金色の瞳にちらつく感情には気づかず、レフィーナはそう考えていたのだった。

◇

ミリーとの一件があった翌日、レフィーナは王妃レナシリアに呼び出されていた。

大切な話をするときに使われる部屋は防音も警備も厳重で、よほどのことがない限り会話の内容が外に漏れることはない。

その部屋に足を踏み入れれば、すでに国王であるガレン・アゼス・ベルトナをはじめとし、レナシリア、レオン、ドロシー、ザック、そしてヴォルフという面々が丸いテーブルを囲むように着席していた。

レナシリアに促《うなが》されて、レフィーナは挨拶《あいさつ》を述べてから末席に座る。

「さて……今日集まってもらったのは他でもない、ミリー・トランザッシュのことだ」

「……軽い嫌がらせをしてくるくらいなら、まだよいのですが……。ヴォルフの報告によると、どうやら裏稼業《うらかぎょう》の者と絡《から》んでいるようなのです。……ドロシーに危害を加えるかもしれません」

「父上、トランザッシュ公爵家への抗議は？」

「……娘はそんなことをしていない、の一点張りだ。レフィーナとヴォルフのでっち上げだと騒ぎ立てている。裏稼業《うらかぎょう》の者についても追及しているのだが、証拠がないからな……」

「あの狸には前から困っているのですが……。何せ揉み消すのが上手くて、手を焼いています」

レナシリアは不愉快そうな表情を浮かべた。ガレンもいつもの穏やかな雰囲気はなく、難しい顔をしている。

どうやらミリーだけではなく父親も面倒な人物だったようだ。社交界で見かけたことはあるが、交流はないのでどんな人物かは知らなかった。

「ドロシーには優秀な騎士をつけます。ヴォルフは自分の身を守れるのでまず大丈夫でしょうが……レフィーナ、あなたが一番危険ですね」

「……しかし、一介の侍女に護衛をつけるわけにはいかんのだ」

「そ、そんな……ガレン陛下、どうかレフィーナ様にも護衛をつけてください！」

「ドロシー、落ち着いて」

心配で真っ青な顔になったドロシーをレオンがなだめる。ガレンはドロシーの言葉に困ったような顔をした。

それもそうだろう。レフィーナが公爵令嬢だった頃ならともかく、侍女の身分ではそのような待遇はできない。

「……あの」

「なんですか、レフィーナ」

「私も最低限、自分の身を守るくらいはできます。それに、城では一人になることの方が少ないですし、護衛がなくても大丈夫です」

それまで腕を組んで話を聞いていたザックが、その発言に噴き出し、大声で笑う。

「あっはっはっ！　まぁ、あの侍女長を転ばせるくらいだからな！」

次いでヴォルフが口を開く。

「しかし、レフィーナは女性です。いくらなんでも裏稼業《うらかぎょう》の者から身を守るのは難しいでしょう」

「……ヴォルフ様……」

厄介な問題を引き起こしてくれたミリーに、その場にいた全員が深いため息をついた。

レフィーナとしてはドロシーに危険が及ばなければいいので、別に自分にも護衛が欲しいとは思っていない。

というより、侍女の仕事であちこち動き回るので護衛するのは大変だろうと思っていた。

一日のほとんどを部屋で過ごす令嬢とは違うのだから。

「……ふむ。レオンの婚儀が終われば、あの令嬢も少しは大人しくなるだろう。それまでは、騎士の見回りの回数を増やそう。レフィーナ、一人では絶対に出歩くでない。それとヴォルフ。忙しいだろうが、可能な限りレフィーナの様子を見るように」

「はい」

「ミリーやトランザッシュ公爵を監視し、裏稼業《うらかぎょう》の者を調べるよう、諜報員《ちょうほういん》たちに命令を出しましょう。……このことは口外《こうがい》無用です。よいですね？」

レナシリアの言葉に全員が頷《うなず》いた。

もうミリーも自由には動けないだろう。そして、もう引き返すこともできない。

王家が動くならすぐに解決するはずだ、とレフィーナは安堵《あんど》した。

話し合いはそれで終わり、ガレンとレナシリアが去っていく。ドロシーはレフィーナと一言二言交わした後、レオンに付き添われながら去っていった。

レフィーナはそれらを丁寧に見送ってから、残っている二人に視線を移す。

「あの、ザック様」

「ん？　なんだ？」

「実は昨日、ダットさんのお店に行きまして。……今度、一緒にお酒でも飲みに行きましょう、と伝えてほしいと」

「そうか！」

ちょうどいいタイミングなのでダットの言葉を伝えれば、ザックは目を細めて嬉しそうに笑った。

やはり兄弟はいいな、とレフィーナは少し寂しい気持ちになりつつ笑みを浮かべる。

そんなレフィーナの頭にヴォルフの手がぽんっと優しく置かれた。まるで慰《なぐさ》めるかのような仕草に、寂しさが少し紛《まぎ》れる。

「騎士団長、先に戻っていてくれ。念のためレフィーナを送っていく」

「……ふっ、分かった。じゃあ後でな。お嬢ちゃんも伝言ありがとな！」

「はい」

ザックは親しげなレフィーナとヴォルフの様子に、子を見守る父親のような温かい笑みを浮かべて去っていった。

「じゃあ、俺たちも行くか」

「はい。ありがとうございます」

　頭に乗せられていた手がすっと離れる。

　レフィーナは離れてしまったぬくもりを少し残念に感じながら、ヴォルフと共に部屋を後にした。

◇

　あれから特に危険なこともなく、レオンとドロシーの結婚式の準備は順調に進んでいる。

　そして結婚式まであと三日となったその日の朝、レフィーナはいつもと同じ時間に目を覚ました。ぐるりと部屋を見回した後、隣のベッドに視線を向けて首を傾《かし》げる。

　ここに来てから一度もレフィーナより遅く起きたことがないメラファが、まだベッドの中にいた。

「メラファさん？」

　そっと小声で呼びかければ、閉じていたメラファの目がうっすらと開いた。

「……大丈夫？」

「……うん。少し体調が悪いだけだから……」

「風邪？　熱は？」

心配になって額《ひたい》に手を当てようとしたレフィーナは、メラファに手首を掴《つか》まれて思わずびくりと震える。

掴《つか》まれたのは一瞬のことだったが、あまりにも冷たい手だったからだ。

「だ、大丈夫？　手が凄く冷たい。すぐにお医者様を呼んでくるわ」

「待って。……もう侍女長には休むって伝えてあるから大丈夫だよ。手が冷たいのは、さっき井戸水を触ったから……」

「本当に……？」

「うん。大丈夫だから、レフィーナさんはお仕事に行って？」

メラファはレフィーナを安心させるようににっこり笑った。怠《だる》そうではあるが、熱はないようなのでレフィーナは胸を撫《な》で下ろす。

ここ最近は忙しかったから疲れが出たのかもしれない。

これ以上話していてはメラファが休めないだろうと、レフィーナは身支度を整えて部屋を後にし、侍女たちの集会所へと向かう。

集会所に着くと、カミラから今日は先輩侍女と一緒に仕事をするようにと指示され、レフィーナはその先輩侍女と共に仕事を始めた。

今日から結婚式に参列する賓客《ひんきゃく》の入城が始まるので、かなり忙しい一日になるはずだ。

「レフィーナ、次はあっちの掃除に向かうわよ。その前に井戸に寄って水を汲《く》んでいきましょ」

「はい！」

レフィーナたちの仕事は、明日到着予定の賓客《ひんきゃく》が使う客室の最終点検と掃除だ。掃除に使う水を汲《く》むため先輩侍女と共に歩いていくと、黒髪の少年が井戸にもたれかかって座っていた。八歳か九歳くらいの少年は上質な服を着ていることから、おそらく賓客《ひんきゃく》の子供だろう。

「どこの子かしら……。井戸に落ちたら大変よね」

先輩侍女と顔を見合わせ、どことなく寂しそうな少年に近づく。少年は大きな黒い瞳でレフィーナたちを見てから、すぐに視線を外した。

「失礼ですが、お名前をお伺《うかが》いしてもよろしいですか？」

「………名前も知らないなら話しかけないでよ」

名前を尋《たず》ねた先輩侍女にそっけなく言うと、少年は可愛らしい顔を嫌そうに歪《ゆが》めた。

先輩侍女は困ったように眉尻を下げる。

レフィーナはどこかで見たことがあるような気がして、じっと少年を見つめていた。そして、ようやく思い出すと、少年の前に行き、目線を合わせるようにしゃがみ込む。

「……何？」

「隣国の第四王子レイ殿下ですね？」

「え？」

黒髪の少年が驚いたようにレフィーナを見つめた。

どうやら引っ張り出した記憶は正しかったようだ。レイ・フィーア・プリローダは隣国の国王の末っ子で、たしか側室との間に生まれた子だ。

「レフィーナ、知ってたの？」

「はい。まだ公爵家にいたときに、隣国の舞踏会《ぶとうかい》で一度お見かけしたことがあります」

「……ぼくのこと、一度見ただけで覚えていたの？」

じっと見つめてくるレイに、レフィーナは笑みを浮かべて頷《うなず》いた。第四王子であるレイは王位継承順位も低く、三人の兄の他に二人の姉がいたはずだ。もしかしたら国では相手をしてもらえず、寂しい思いをしていたのかもしれない。

レイは目を潤《うる》ませながら、レフィーナにぎゅっと抱きついた。

「ぼくのこと、覚えてくれる人なんていないと思ってた……」

「そんなことはありませんよ。……井戸に落ちると危ないですし、お部屋に戻りましょうか」

「……やだ。お姉さんといる」

ぎゅうと強く抱きつかれ、レフィーナは困って先輩侍女を見た。先輩侍女はちょっと悩む素振りを見せた後、レフィーナに言う。

「王子殿下を一人にしておくわけにはいかないわ。カミラ侍女長には伝えておくから、お相手をして差し上げて」

「……分かりました」

すぐ近くに騎士がいるし、特に危険はないだろう。レフィーナは先輩侍女の言葉に頷《うなず》いた。

先輩侍女は水を汲《く》んで去っていく。それを見送ってから、レフィーナは井戸の近くにある木の下へと移動した。

草の上に座れば、レイが甘えるように膝《ひざ》の上に座ってくる。

随分懐《なつ》かれたものだ、とレフィーナは笑いながらレイの黒髪を優しく撫《な》でた。

一介の侍女が王子に対してしていいことではないが、レイが嬉しそうなので問題ないだろう。

「ぼくね、ずっとこうして甘えたかったんだ。……皆、ぼくのことなんて興味ないから寂しかった……」

「……レイ殿下……」

「でも、お姉さんはちゃんと覚えててくれたから嬉しいんだ！」

にこっと笑みを浮かべたレイに、レフィーナは胸をずきゅんと撃ち抜かれる。

元々子供は好きだし、レイはどこか空音に似ているせいか余計に可愛く見えたのだ。

「お姉さんの名前は……？」

「レフィーナです。レイ殿下」

「レフィーナ……レフィーナ……。うん、とっても可愛い名前だね！」

何度かその名を口の中で転がしたレイは、ぎゅーっとレフィーナに抱きついた。

可愛らしいレイにここ最近の疲れが癒《いや》される。

「ねぇ、レフィーナは好きな人いるの？」

「はい？」

「好きな人だよ！　男の人で！」

「好きな人……いえ、特にいませんが……」

急な質問に戸惑いながらも答えれば、レイが嬉しそうに黒い瞳を輝かせた。

その様子に首を傾《かし》げながらも、ついつい頭を撫《な》でる。さらさらの黒髪は触り心地がよくて癖《くせ》になりそうだ。

「じゃあ、ぼくの国はどう思う？」

「レイ殿下の国ですか？」

「うん」

この国と隣接している国は二つあり、一つは味噌などを生産しているヴィーシニア。そして、もう一つがレイの祖国であるプリローダだ。

プリローダにはレオンの婚約者として共に訪れたことがあるが、花の国と呼ばれるだけあって、とても美しい国だった。

居心地がよくて穏やかに時が進むような、そんな印象が残っている。

「自然豊かで、落ち着いて暮らすにはとてもいい国ですね」

「本当!?」

「はい、素敵な国でした」

にっこりと笑みを浮かべながら言えば、レイの頬《ほお》が赤く染まる。照れたように笑うレイは、レフィーナの片手を小さな両手で包み込む。

「あの、ね」

「？」

「ぼくの国は大きな湖があって、水がとても綺麗なんだ。周りには沢山の花が咲いていて……レフィーナにぜひ見てもらいたいな……」

おそらくプリローダで一番有名な観光名所であるロト湖のことだろう。まさに花の国、と呼ばれるに相応《ふさわ》しい場所だと聞いたことがある。

舞踏会《ぶとうかい》のときは行かなかったので、一度見てみたいとも思う。

「……それは、見ないといけませんね」

「うん！」

「ふふっ」

元気よく頷《うなず》いたレイに、レフィーナは柔らかな笑みを浮かべた。

こうして懐《なつ》いてくれるところや可愛らしい笑顔が、空音との日々を思い出させてくれて嬉しい反面、ちくりと小さく胸が痛む。

もう雪乃としてこんな風に空音に触れることは……できないのだから。

「レフィーナ……？」

「はい……どうかしましたか？」

「泣いてるよ、悲しいの？」

知らず知らずのうちに流れていた涙を、レイがポケットに入っていた小さなハンカチで一生懸命拭《ぬぐ》う。

まさか泣いてしまうとは思っておらず、レフィーナは慌てて笑みを浮かべた。

レイに心配をかけるわけにはいかない。

「ごめんなさい、レイ殿下」

「ううん。大丈夫？」

「はい。大丈夫です。レイ殿下はお優しいですね」

「……レフィーナだから、だよ？」

レイがはにかんだ笑みを浮かべる。レフィーナはそんなレイを思わずぎゅっと抱き締めた。

王子だとか、侍女だとか、そんなことはもう頭の中にはない。

すぐに抱き締め返してくれたレイに、胸が温かくなっていく。空音ではないことはもちろん分かっているが、それでもつい重ねてしまう。腕の中のぬくもりがレフィーナの心を癒《いや》してくれるかのようだった。

「ねぇ、レフィーナ。あのね――」

「こちらです、王太子殿下」

レイが何か言おうとしたのと同時にヴォルフの声が響く。

そちらを見ればヴォルフと、プリローダの王太子であるフィーリアン・アインス・プリローダが立っていた。

フィーリアンはレイとレフィーナを交互に見て驚いた表情をし、ヴォルフはどこか不機嫌そうにぎゅっと眉を寄せる。

「驚いた。レイが誰かにこんなに懐《なつ》くとは」

「兄上……何かご用ですか……」

レフィーナにぎゅっと抱きついたままのレイがそっけなく問いかければ、フィーリアンは苦笑いを浮かべた。その様子から察するに、おそらくレイを迎えに来たのだろう。

そんなフィーリアンから隣のヴォルフに視線を移したレイが、彼をじっと見つめる。

ヴォルフも同じようにレイを見つめ返した。

お互いに何か思うことがあったのか、同時にふいっと視線を逸《そ》らす。

「レイ。部屋に戻るぞ。その侍女の方も仕事があるんだ。邪魔をしてはいけない」

「………はぁい。ねぇ、レフィーナ」

「はい、なんでしょうか？」

「好きな人を作っちゃだめだよ？」

レイは立ち上がると、ヴォルフをちらりと見てから真剣な顔でそう言った。レフィーナは突然のことに戸惑い、パチパチと瞬《まばた》きをしてしまう。

「ぼくがレフィーナをお嫁さんにもらうんだからね！　迎えに来るまで余所見《よそみ》しちゃだめだよ！」

「レイでん……っ！」

顔を真っ赤にしたレイが素早い動きで、レフィーナの唇の端《はし》にちゅっと軽いキスをした。予想外のことに驚きながら、レフィーナは唇の端《はし》に手を当てる。

レイはヴォルフに自慢するような、挑発《ちょうはつ》するような表情を向けた。どうやらレイはヴォルフを恋敵《こいがたき》認定しているようだ。

「こ、こら、レイ！」

ぎょっとした顔でフィーリアンが声を上げた。そして、慌てたようにレイをレフィーナから引き離す。

「す、すまない。駄目だろ、レイ！　女性にそんなことをしたら！」

「レフィーナはぼくがお嫁さんにもらうんだもん。好きならキスしてもいいでしょ」

「あ、あのなぁ……」

フィーリアンは頭を押さえて深いため息をついた。レイはそんな兄の手から逃《のが》れると、ヴォルフの前で足を止める。

レイよりもずっと背が高いヴォルフを見上げるのは大変そうだ。

「レフィーナに手を出したら、だめだからね！」

ビシッとヴォルフに指を突きつけてレイが言い放った。一方のヴォルフはというと、レイを見下ろしたまま無言を貫《つらぬ》いている。

レフィーナは立ち上がりながら、なぜヴォルフにそんなことを言うのだろうかと首を傾《かし》げた。

「すまない、弟が……」

「い、いえ、子供のしたことですからお気になさらず」

「まったく……すっかりあなたを気に入ってしまったようだ……。おまけに彼をライバル扱いして……。もしや、彼とお付き合いを？」

「い、いいえ！　違います！」

知り合いや友人ならともかく、恋人だと勘違いされたらヴォルフの方が嫌だろう。レフィーナはそう思い、首を横に振りながらすぐに否定した。

会話が聞こえていたヴォルフがピクリと眉を動かしたが、そのことにレフィーナはまったく気づいていない。

レイは子供扱いされて不服そうだったが、ヴォルフが交際を否定されたことには嬉しそうだ。

「さぁ、レイ。もう戻るぞ」

「……はぁい。じゃあね、レフィーナ」

レイは何度も振り返ってはレフィーナに手を振りながら去っていく。ちなみにヴォルフにはべーっと舌を出していた。

可愛らしいレイに手を振り返し、レフィーナはくすりと笑う。

「…………あの、ガキ……」

「はい？　どうしました、ヴォルフ様」

ぼそりと呟《つぶや》いたヴォルフの声はレフィーナにはよく聞こえなかった。

きょとんとしながら見上げると、ヴォルフの視線がレフィーナのふっくらとした唇に固定される。

「ヴォルフ様？」

レイがレフィーナにキスした場面を思い出すと、ヴォルフは整った眉をぎゅっと寄せ、レフィーナの頬《ほお》に右手を添えた。

モヤモヤとした感情のまま、レフィーナの唇の端《はし》を親指の腹でごしごしと拭《ぬぐ》う。

「無防備すぎだ」

「ちょっ、まっ……痛い、です……！　それに、拭《ぬぐ》わなくても……！」

「……少し黙ってろ」

レフィーナが抗議すると、ヴォルフが苛立《いらだ》ちを含んだ声を出した。

なぜこんなにも不機嫌になってしまったのか、レフィーナにはよく分からない。しかし、今はヴォルフのすることに文句を言わない方がよさそうだ。そう判断して口を閉じる。

やがて気が済んだのかヴォルフの手が離れたので、レフィーナはほっと胸を撫《な》で下ろす。

「もう少し警戒しろ」

「で、でも……レイ殿下はまだ子供ですし、甘えたかっただけですよ。さすがに八歳くらいの子とは結婚できないですし」

「……はぁ……」

間違ったことを言った覚えはないのだが、なぜかヴォルフは深いため息をついた。

レフィーナは弟を可愛がるような気持ちなのだろうが、ヴォルフから見たレイはどう見ても本気だ。一人前に独占欲を持ち、さらにヴォルフを牽制《けんせい》してきた。

だが、何よりも問題なのはレフィーナだ。

前にヴォルフが迫ったときもそうだったが、自分のことに無頓着《むとんちゃく》すぎる。

「あ、あの、ヴォルフ様？」

「……とにかく、相手が誰であろうが無警戒なのは感心しない。よくないことを考えてる奴も多いんだからな」

「……は、はぁ。……次からは気をつけます」

さすがに子供相手でなければあんなに油断しないし、自分に対して邪《よこしま》な考えを持つような人もいないのでは。そう思いながらもレフィーナはヴォルフの真剣な表情を見て、その忠告を大人しく受け入れる。

ヴォルフはその返事にとりあえず納得したのか、それ以上は何も言わなかった。

「……そろそろ、仕事に戻りましょうか」

「そうだな。……お前はどこに行くんだ？」

「とりあえずカミラ侍女長のところに向かおうと思います」

「なら、俺も行くか」

「ヴォルフ様もカミラ侍女長にご用ですか？」

レフィーナの言葉にヴォルフはすっと目を細める。どことなく怒っているような視線に、レフィーナは戸惑う。

「あのな、一人になるなって言われてるだろうが」

「そ、そうでしたね」

「……ほら、行くぞ」

「はい」

歩き出したヴォルフの後に続いてレフィーナも歩き出す。

そのままカミラのもとまで送ってもらったレフィーナは、すぐに先輩侍女と合流して仕事に戻ったのだった。

◇

慌ただしい日々はあっという間に過ぎ去り、レオンとドロシーの結婚式の日を迎えた。

結婚式は王城の隣にある大聖堂で行《おこな》われているため、王城の中はあれだけの忙しさが嘘のようにしん、と静まり返っている。

参列しない使用人たちは、式の間は休憩時間になる。

レフィーナも例外ではなく、侍女たちと共に久しぶりのゆったりとした時間を満喫《まんきつ》していた。

「カミラ侍女長～、レフィーナはいつからドロシー様の専属侍女になるんですか～？」

「明々後日《しあさって》からですね」

明日は国や領地に帰る賓客《ひんきゃく》たちの見送り。明後日《あさって》は城の門が閉められ、使用人たちに国王のガレンから祝いと労《ねぎら》いの酒が振る舞われる。ちょっとした祝宴《しゅくえん》が行《おこな》われるのだ。

レフィーナがドロシーの専属侍女として働くのはその後になる。

「いいなぁ……。ドロシー様って優しいし……未来の王妃でしょ！？　レフィーナ、凄い出世じゃない」

「ドロシー様とレナシリア殿下のご指名ですからね。元公爵令嬢なだけあって立ち振舞いも美しいですし、仕事もできますから適任でしょう」

カミラたちの話を聞きながら、レフィーナはキョロキョロと辺りを見回した。

実は朝からメラファがいないのだ。あの日以来ずっと体調が悪そうだったので、心配しているのだが……。

「あの、カミラ侍女長」

「なんでしょう？」

「メラファさんはどこに？　最近体調がよくなさそうだったので、心配なのですが……」

「メラファ？」

「はい」

カミラならば把握《はあく》しているだろうと思って尋《たず》ねれば、彼女は話していた侍女と顔を見合わせる。そして二人して首を傾《かし》げると、レフィーナに視線を戻した。

「そういえば朝から見かけませんね……。おかしいですね、なぜ今までメラファのことを忘れていたのでしょう」

「昨日はあんなに体調悪そうだったから、私も心配してたのに。なんだか今日はまったく存在感がなかったというか……」

侍女たちは困惑したような表情を浮かべている。レフィーナに聞かれるまでメラファのことが頭から抜け落ちていたようだ。

まさかどこかで倒れていたりしないだろうか、とレフィーナは心配になる。

「私、捜《さが》してきます」

「待ちなさい、レフィーナ」

「カミラ侍女長……」

「式が終わる時間が近いです。もう仕事に戻らないといけません。メラファのことは騎士の方にお願いしておきますから」

「しかし……」

「レフィーナを一人にはさせられませんし、メラファも倒れて動けなくなるような体調で歩き回るとは思えません。何かに巻き込まれた可能性もある以上、騎士に任せるのが妥当《だとう》です。いいですね？」

カミラの言葉にレフィーナは仕方なく頷《うなず》いた。心配だが自分が捜《さが》すよりも、騎士たちが捜《さが》した方がいいだろう。

「さぁ、仕事に戻りますよ。大丈夫です。きっと、どこかで休んでいるだけですよ」

「……はい、そうですね……」

カミラは元気づけるようにレフィーナの肩をポンポンと優しく叩いて、侍女たちに指示を出し始める。レフィーナも心配な気持ちをぎゅっと押し込めて、仕事へと戻ったのだった。

◇

軽やかな音楽が城の大広間から流れてくる。

結婚式は無事に終わり、すっかり夜になった今は大広間で舞踏会《ぶとうかい》が行《おこな》われていた。それが終われば賓客《ひんきゃく》たちは一泊して帰っていく。

「はぁ……」

見習いであるレフィーナは他の侍女たちの気遣いで先に仕事を終え、部屋の扉を開いた。そして、深いため息をつく。

あれから騎士たちが捜《さが》してくれたようだが、結局メラファは見つからなかった。部屋に戻っていないかと期待したものの、メラファの姿はない。

「メラファさん……」

彼女は城に来たときからよくしてくれていた。レフィーナを庇《かば》ってくれたこともあったし、率先《そっせん》して皆にレフィーナのいいところをアピールしてくれたのだ。

なのに、自分はメラファがいなくなっても心配することしかできない。そのことにレフィーナは歯痒《はがゆ》くなる。

やはり一人でも捜《さが》しに行こう、と思ってくるりと踵《きびす》を返したとき、後ろの窓からコンコンとノックするような音が微《かす》かに聞こえた。

「え？　……ア、アレル……!?」

振り返ったレフィーナは窓をノックした人物に驚いて声を上げる。急いで駆け寄って窓を開けると、アレルがひらりと中に入ってきた。

別れたときと変わらない小さな姿に、レフィーナは言葉を失う。何を言えばいいのか分からなかったのだ。

「久しぶりなのだ、雪乃」

「ど、うして……」

「神から雪乃を連れてくるように言われたのだ。さぁ、こっちなのだ」

「ま、待って！　私はメラファさんを……」

「メラファは無事だから、心配することないのだ」

その言葉にレフィーナはほっと息を吐き出した。何がなんだか分からなくてアレルを見るが、今は何も説明する気がないのか微笑んでいるだけだ。

レフィーナは短く息を吸うと、開けた窓から外へ出る。それほど高くないのですんなりと地面に下りられた。

「……神はこっちなのだ」

ひらりひらりと飛んでいくアレルを見失わないように注意しながら、城壁に沿って茂る草木の間を歩いていく。

「ア、アレル……？」

ふと足元の枝に気を取られ、その一瞬でアレルを見失ってしまった。足を止めてキョロキョロと辺りを見回しながら、小さくアレルの名を呼ぶ。

しかし返事がなくて、レフィーナは困ったように眉を下げた。

「……こ……こ……に」

「アレル？」

微《かす》かに声がしたので目を凝《こ》らせば、うっすらとその姿が見える。見失う前に慌ててアレルのもとまで行くと、レフィーナは目を見開いた。

アレルの姿が掠《かす》れるように透《す》けたり、元に戻ったりしている。

「ここにいるのだ、雪乃」

「アレル、大丈夫なの……？」

「………あと少しなのだ」

心配そうなレフィーナに、アレルは曖昧《あいまい》な笑みを浮かべた。そして、ゆっくりと前に進み始める。

今にも消えそうなアレルにレフィーナはぎゅっと眉を寄せながら、再び歩みを進めた。

時々現れる見回りの騎士をその都度やり過ごしながら、やがて薔薇園《ばらえん》にたどり着く。

アレルが薔薇園《ばらえん》の奥へ進んだので、レフィーナも生《お》い茂った木々の隙間《すきま》を抜ける。そうすれば、ぽっかりと開《ひら》けた場所に出た。

「神、連れてきたのだ」

「……あぁ。すまないね、雪乃」

「…………え？」

そこにいた人物がゆっくりと振り返って、柔らかな笑みを浮かべる。

レフィーナのよく知る人物だったが、少し違っていた。

口調も雰囲気も違う。そして何より、その人物は自分のことを雪乃とは呼ばない。

「メラファ、さん……？」

朝から姿を見なかったメラファがそこにいた。

そして、そのメラファをアレルは神と呼び、メラファはレフィーナを雪乃と呼ぶ。

それが意味することに気づいてレフィーナは目を見開いた。

「メラファさんが……神、様？」

「……そうだよ、雪乃」

「どういうこと？　……あのフードの男の人が神様なんじゃないの……？」

ミリーの手の者に追われていたときに助けてくれたフードの男が、てっきり神だと思っていた。

しかし、今目の前にいるメラファこそが神だという。よく分からなくなってきて、レフィーナは頭を横に振った。

「あれが本来の姿で、これは人に化けているだけだよ」

「ど、どうして……人に化けて私の近くにいたの？　それになぜ、黙っていたの？」

「……この姿でいたのは雪乃、君のフォローのためだよ」

「フォロー？」

「雪乃には悪役令嬢の役割を与えただろう？　そして、それをこなしてくれた。しかし役割を終えた後には、君に悪評が付きまとうだろう」

メラファの言葉でレフィーナは城に来た当初のことを思い出す。たしかに城の者は皆、自分をよく思っていない様子だった。

「君が孤立してしまわないように、そして君の悪評を払拭《ふっしょく》するために、私はメラファとして近くにいた。……君がこれから先の人生を生きやすいようにしようと思ってね」

「そう、だったの……」

「……君と犬猿《けんえん》の仲であるヴォルフの見る目が変われば、他の者も思い直すと思って行動したんだが……食堂ではすまなかった。あんな風に騒いだのはミスだった。そのせいで……君に痛い思いをさせてしまったね……」

「もしかして、傷を治してくれたのは……」

鞭打《むちう》ちをされた翌日、傷は跡形もなく治っていた。そして、レフィーナが起きたときすぐ近くにメラファがいたのだ。

よくよく思い出してみれば、腕に何か冷たいものが触れた記憶がある。

あれはメラファの指だったのではないだろうか。

レフィーナの問いに、メラファは少しためらいながらも頷《うなず》いた。

「ありがとう……」

「いや、当然のことをしたまでだよ。私の責任だし、軽い怪我くらいしか治せないけどね。……あとは、なぜ黙っていたか、だったね。それは……私がもうすぐ消滅するからだよ」

「え？」

「正確に言うと神の分身である私が、かな。君が生きやすい環境になったら黙って消える予定だったんだ。……だが、君が知りたがっていると分かったから、こうして話すことにした。……君を半《なか》ば強引に連れてきておいて身勝手な願いだが、君にはこの世界で幸せになってほしいからね」

「じゃあ……」

「もうすべて終わった後だが……話そう。君が知りたがっていることを」

レフィーナはごくりと喉《のど》を鳴らす。気になっていたことがすべて分かるのだ。

メラファは視線を空に向け、遠い日を思い出すかのように目を細めると、ゆっくりと語り始めた。

「もう何千年も前のことになる。一人の女神がこの世界を創造した。生命が少しずつ芽吹いていき、やがて人が生まれ栄《さか》えた。女神がそんな生命たちを見守る日々を過ごしていたあるとき、一人の女が女神に祈りを捧《ささ》げた。疫病《えきびょう》に苦しむ村を救ってほしい、と」

「………………」

「女神への祈りを捧《ささ》げる人々は世界中にいるけれど、女神がそれに応《こた》えることはない。だが、そのときの女神は気まぐれを起こした。……必死に祈る女の前に現れ、神の力を分け与える祝福を施《ほどこ》したんだ。……それが間違いだったとは思いもせずね」

メラファは難しい表情を浮かべる。

そんなメラファを見ながらレフィーナは話に聞き入った。

「祝福を受けた女はそれを使い、村を救った。……しかし、それは人には過ぎた力だった。女は人ではなくなり、何年経っても歳を取らなくなった。それは村人たちに恐怖を与え、やがて村を救ったはずの女は化け物と呼ばれるようになる」

「そんな……」

「そして、ある夜、女の家に火が放たれた。……最後まで女を庇《かば》っていたはずの、愛《いと》しい婚約者の男の手によって、ね」

レフィーナはひゅっと短く息を吸い込んだ。

村のために尽くした女は化け物呼ばわりされ、唯一庇《かば》ってくれていた男に最後は裏切られた。

それはどれほど辛く、苦しいことなのだろう。

「……火に包まれながら女は呪った。村を救った自分を、化け物と呼んだ村人を、最後に裏切った婚約者を。そして……自分をこんな風にした女神を、ね」

「……そ、それでどうなったの……？」

「……これが普通の人間ならば、何も起こらなかったのだろう。しかし、その女は神の力を分け与えられていた。……すべて、壊れてしまえ。すべて、死んでしまえ。……その願いに与えられた神の力が呼応《こおう》して暴走を始めた。この世界を創造した女神の力だ。……創造できるということは、破壊もできるということ……」

「…………」

「肉体は炎に焼かれ、魂だけになったその女を、女神が自身の中に取り込んで抑《おさ》え込もうとした。……しかし女神の力をもってしても、その女の憎しみを抑《おさ》えきれなかった。

女神を憎む女の念は女神の肉体までをも炎で焼き尽くしたんだ」

深い深い憎しみ。そして、悲しみ。

それは抑《おさ》え込むために取り込んだ女神を逆に喰《く》らい尽くした。

「……女神の魂までも黒く染め上げた女の願い通り、世界は崩壊を始める。……この世界の女神とは旧知の仲である私が、それを止めるためにここへ来たんだ。元々私はこの世界と隣り合う世界……雪乃、君のいた世界の神だよ」

「私の世界の……」

「そう。世界は無数にあり、神もその数だけいるんだよ」

「……それで、あなたが世界を救ったの？」

「……この世界に来てすぐに、私は自身の力のほとんどを崩壊を止めるために使った。そして、黒く染まり混じり合った女神と女の魂を、レフィーナのように魂を持たずして生まれた人の子の中に、記憶を消して封じ込めた。それから残った力で分身である私を作ったんだ」

世界の崩壊は止まり、その根源である魂は人の肉体に閉じ込められた。

ここまで話すとメラファはふぅと一息ついて、レフィーナを見た。壮大な話にレフィーナはまるで物語を聞いているような気分になるが、きちんと理解はしている。

「分身である私はその魂を持つ子を見守った。……そして、その子が亡くなったら次の子にまた封じ込めた。それを何回か繰り返すうちに分かったことがあった」

「分かったこと？」

「その子が幸せな人生を送ったなら魂の黒さが薄まり、逆に不幸な人生であったならば濃くなった。……そこで、私は魂を封じる人の子に祝福を与えることにしたんだ。分身の体で与えられる祝福は弱いものだから、暴走の心配もないしね」

ここまで話を聞けば、レフィーナにもなんとなく分かった。頭にドロシーの姿が浮かぶ。ドロシーも神の祝福を受けた者なのだ。

しかし、レフィーナは口には出さず、話の続きを待つ。

「そうしているうちに、もう一つ分かったことがあった。……ある魂が近くにいると、黒さがより薄まるんだ」

「ある魂？」

「浄化の魂と癒《いや》しの魂だよ。おそらくそれらは崩壊する世界が呪いに抗《あらが》うために生み出した特殊な魂だ。自浄作用のようなものだね」

そこでドロシーの言葉を思い出す。

たしか、レフィーナの近くにいると浄化されるような気がすると言っていた。レオンといると癒《いや》されるとも。

「それが分かってからは魂を封じた人の子の側《そば》に、その魂を持つ者をいさせるようにした。……そうして何千年もかけて、その魂を浄化し続けて……今日でそれが終わった」

「…………」

「もう分かっているだろう？　魂を封じた子がドロシーで、癒《いや》しの魂を持つ者がレオン。そして、浄化の魂を持つ者が君だ。……今回ですべて終わるはずだったのに、浄化の魂を持つ者が見つからなかったときは焦ったよ。私の力も残り少なく、消える寸前だったしね。……私の世界で同じような浄化の魂を持つ君を見つけて安心した」

「じゃあ、私を選んだのは……レフィーナの肉体に合う魂だったから、ではないのね」

「そうだよ。君の魂に合う肉体がレフィーナだった。君にはドロシーに関わってほしかったから、悪役令嬢として、癒《いや》しの魂を持つレオンとの仲を取り持ってほしいと頼んだんだ。レフィーナはレオンの婚約者だったし、そんな方法しか思いつかなくてね……。空音のことを引き合いに出して、君を強引に連れてきてしまってすまないと思っている」

レフィーナは首を横に振った。神が来てくれなければ空音はあのまま死んでいたのだ。

普通ではありえないことで、むしろ幸運だったと言えるだろう。空音を助けてもらったことも、この世界に来たことも後悔はしていない。

だからといって、雪乃のことをただの前世と割り切ることもできなかったが。

「……それで、なぜ今日で全部終わったの？　私が役割を終えてから結構経ってるけど……」

「……結婚式とは神に誓いを立てる場だろう？　幸福で満たされるときであり、私がもっとも干渉《かんしょう》しやすいときでもある。だから私の残りの力を注《そそ》ぎ込んで、女神の魂と女の魂を引き剥《は》がしたんだ」

「え⁉　そ、それドロシー様は大丈夫なの？」

「大丈夫だよ。ドロシーはドロシーとして生きている。女神の魂が離れても、女の魂は君のおかげで浄化されているし、伴侶《はんりょ》となったレオンが魂を癒《いや》し続けてくれる。何も変わらないよ」

何も変わらない、という言葉にレフィーナはほっと息をついた。ドロシーが結婚式後に豹変《ひょうへん》したらさすがに色々まずいだろう。

一気に色んな情報が頭に入ってきて整理するのが大変だが、これで気になっていたことはすべて分かった。

「はぁ……なんだか壮大な話でしたね……」

「ふふっ。物事の裏側なんてそんなものだよ。君の中にわだかまっていたことも、少しはすっきりしたかな？」

「ええ、まぁ。でも、初めから説明してくれてもよかったのに」

「……君は優しい女性だ。真実を知れば必要以上に頑張るだろう？　それこそ、その後のレフィーナがどうなるかも気にせずにね」

もしレフィーナがミリーのように過激なことをしていたならば、その後どうなっていたか分からない。下手をすればレオンに対する不敬罪にも問われ、投獄《とうごく》か、それ以上の罰もあったかもしれないのだ。

「私だけならともかく、君まで背負い込むことはないからね」

「そうだったのね……」

「ねぇ、雪乃。雪乃であることを捨てろとも忘れろとも言わないが……レフィーナとして生きることはできないかい？　役を演じるのではなく、生まれ変わった人生を……幸せに過ごしてほしいと私は思っている」

「……私、は……。私が、レフィーナとして生きることを決めてしまったら、雪乃が本当に消えてしまいそうで……」

この世界にはもちろんレフィーナが雪乃だということを知る人物はいない。そして、雪乃のいた世界でも雪乃の存在は消えてしまった。

雪乃ではなくレフィーナとして生きるということは、空音との姉妹の繋がりも消えてしまうということ。それが怖かった。

「……ふむ。……アレル、少し頼まれてくれるかい」

「……。任せるのだ」

メラファがアレルに何事か囁《ささや》くと、アレルはどこかへ飛んでいってしまった。

レフィーナがアレルの背からメラファに視線を移すと、真剣な眼差しとぶつかる。

「雪乃、君には随分負担をかけたね。……分身の私が消えればもう君の前に姿を現すことはないだろう。……その前に君の願いを一つ叶えよう。……ただ、元の世界に帰すことはできない。いや、できないというより……」

「……それは分かってるわ。私が戻れば、ソラが死んでしまう」

「……雪乃の肉体の再構築を行《おこな》えばそうなるね。……私には空音の命を延ばしてあげることはできない」

雪乃として生きるはずだった命を空音に移したから、空音は今を生きている。

雪乃として戻り、さらに空音も生かすなどという都合のいいことはできない。さらに言えば、そうすると今度はこちらの世界でレフィーナが死んでしまうのだ。

雪乃は空音に命をあげたことを後悔はしていない。

「ソラに会いたい。きちんと会って話して、元気な姿を見たい。……幸せか、聞きたい」

最後に会ったのは空音が病室で眠っているときだ。婚約破棄された直後に今の空音の姿を見て安心したが、やはりちゃんと会いたい。

……それが、雪乃の一番の未練だ。

「でも、私が雪乃の体で行けばソラは死んでしまう……。かといって魂だけだと幽霊みたいなものよね……話せないだろうし……やっぱり無理よね……」

「……いや。方法はある」

「え?」

「君がその姿で……レフィーナとして行くなら空音は死なず、君も会って話ができる。ただ、魂がその器《うつわ》に入っている以上、空音が君を思い出すことはないが……」

「それでもいい！　もう一度、ソラと話したい」

会えるなら姿が違っていてもよかった。空音に会えると思うと嬉しさが胸に広がる。

メラファはレフィーナの言葉に頷《うなず》くと、すっと手を差し出した。

「……あちらの世界に行って、少し話してまたここに帰ってくるんだ。ただ、話した通り私はもうすぐ消える。だから、この一回限りだよ。その後は、ただ見守るだけだ」

「ええ」

「……では、行こうか」

レフィーナは差し出された手に自身の手を重ねた。冷たいメラファの手が、レフィーナの手をぎゅっと握り締める。

ふわりと二人の足元から風が湧き上がり、衣服の裾《すそ》を揺らした。

「…………」

レフィーナには聞き取れない言葉をメラファが呟《つぶや》く。

その次の瞬間、隣にいたメラファの姿がシャン、という音と共にフードの男へと変わった。

レフィーナが驚いていると、下からの風が強くなり男のフードが捲《めく》れる。

銀色に輝く長い髪がバサリと広がり、彫刻のような顔立ちをした男の銀色の瞳がレフィーナの緋色《ひいろ》の瞳を見た。

「……行くよ」

そう神が言った後、風がより一層強くなって、レフィーナは思わず目を閉じる。

強く吹き上げていた風が収まった気配と、繋がれた手が離れるのを感じたレフィーナは、恐る恐る目を開けた。そして周りを見渡し、目に飛び込んできた景色にぎゅっと手を握り締める。

アスファルトで舗装された道や高くそびえるビル。それらは間違いなく雪乃の世界にあって、レフィーナの世界にはないものだ。

「少し時間が戻ってしまったね……。帰りは気をつけないと」

ぼそりと隣で呟《つぶや》いた神の言葉にレフィーナは空を見上げた。向こうの世界では夜だったが、こちらはまだ夕方なのだろう。空は茜色《あかねいろ》に染まっている。

「まぁ、その方が都合がよかったね。……ほら、雪乃」

神がすっと前方を指差した。その指をたどって視線を移したレフィーナは息を呑む。

レフィーナたちの前方にある緩《ゆる》やかな坂を、一人の女性がゆったりとした足取りで登っていた。片手に持ったビニール袋がそれに合わせて揺れている。

「――――ソラ」

別れたとき、空音は十二歳だった。あれから十六年経って二十八歳になった空音は、背も伸びてすっかり大人の姿になっている。

それでもその後ろ姿が空音だということが、レフィーナにはすぐに分かった。

「人払いはしてあるから。話しておいで」

「……ええ」

震える声で返事をしたレフィーナの背を優しく押すと、神は一瞬でその場から消えた。

神の言葉通りにレフィーナと空音以外は、人一人どころか車すらも通らない。

レフィーナはうち震える胸を落ち着かせるように深呼吸してから、ゆっくりと歩みを進める。

そして坂の下まで来たときに強い風が吹き抜け、それに驚いたのか空音の手からするりとビニール袋が落ちた。

中身のオレンジが一つ飛び出てコロコロと転がり、坂の下にいたレフィーナの靴《くつ》に当たって止まる。

「あっ！　ご、ごめんね！」

ほとんど無意識にオレンジを拾い上げたレフィーナは、耳に届いた声にぐっと眉を寄せ、そちらに視線を移した。

慌てた様子で近づいてくる空音の姿に、気を緩《ゆる》めたら泣いてしまいそうだった。

「あー、えっーと。ハ、ハロー？」

空音が恐る恐るといった感じで話しかけてくる。

亜麻色《あまいろ》の髪に緋色《ひいろ》の瞳という容姿から、空音はレフィーナのことを外国人だと思ったようだ。

それを寂しく感じる一方で、どこか可笑《おか》しくもあり、レフィーナはふっと口元を緩《ゆる》めた。

「日本語で大丈夫よ」

「へ？　あ、なんだ……よかった……」

「ふふっ。はい、オレンジ」

拾い上げたオレンジを差し出せば、ほっとしたような笑みと共に空音は受け取った。

それをビニール袋に入れた後、興味深そうにレフィーナの頭から足元までを眺める。

その視線にレフィーナは苦笑いを浮かべた。

侍女服はこの世界では浮くから、もしかしたら空音はレフィーナのことをコスプレをした外国人だと思っているのかもしれない。

「えっと、じゃあ、ありがとうね」

「……待って」

「えっ？」

立ち去ろうとした空音の手をレフィーナが掴《つか》む。温かい手が、たしかに空音は生きていて、こうしてまた会えたと実感させてくれる。

我慢なんてできるはずもなく、レフィーナの頬《ほお》を涙が流れ落ちていく。

「ソラ……」

震えて掠《かす》れた声で名前を呼べば、空音が目を見開いた。

そして、次の瞬間には顔をくしゃっと歪《ゆが》める。

「……ソラ……？」

「あ、あれ、なんで……私……」

空音の意思に関係なく、その瞳から止めどなく涙がこぼれ落ちた。

戸惑ったような様子を見たレフィーナは堪《たま》らなくなり、目の前の空音をぎゅっと抱き締める。

再び空音の手からビニール袋が地面にどさりと落ちた。

「ソラ」

「……………うん」

空音は雪乃のことを覚えていない。ましてや、今の雪乃の姿は以前のものとはまったく違う。

だがそれでも、空音は愛情を感じる声音《こわね》に安心と……喜びを感じていた。

胸が、心が、揺さぶられる。

抱き締めてくれる腕のぬくもりを、たしかに覚えている。でも、それが誰のものだったのか思い出せない。空音にはそれが酷《ひど》くもどかしく感じられた。

「ねぇ、ソラ」

レフィーナは抱き締めていた体を離すと、空音の頬《ほお》を両手で包み込み、昔していたように親指で目尻を拭《ぬぐ》った。

涙のせいで滲《にじ》む視界で、それでも愛《いと》しい妹の顔を、レフィーナは真っ直ぐに見つめる。

「ソラは今、幸せ？」

「……うん、とても幸せだよ。夫も子供もいるから一人じゃないの」

空音にとってレフィーナは知らない人だ。けれど、その問いに幸せそうに微笑みながら答えた。

そんな空音の表情を見て、レフィーナも笑みを浮かべて、頬《ほお》に添えていた手をゆっくりと離す。もう雪乃がいなくても、空音には側《そば》にいてくれる大切な人がいる。

「そっか。よかった」

元気に過ごしていることも、幸せそうにしていることも、きちんと自分で確かめた。

寂しくないと言えば嘘になるが、記憶がなくても空音は雪乃の存在を心で……魂で覚えていてくれるのだ。

雪乃は空音の中にたしかにいる。それだけで、雪乃の心は満たされた。

「あの……！　……私はっ……あなたのこと、覚えていない……っ。でも、どこかでっ……！」

酷《ひど》くもどかしそうに発せられた言葉を聞いて、レフィーナはそっと首を横に振った。本当のことを話したら思い出してくれるかもしれない。しかし、すぐに別れが待っているのだ。今を幸せに過ごす空音に悲しみを味わわせたくない。

「私たちは……今日、初めて会ったわ」

「……そっ、か……」

苦しそうな表情を浮かべた空音に、レフィーナは自分の目尻を拭《ぬぐ》ってふわりと笑みを浮かべた。

もうそろそろ戻らないといけないだろう。暗くなってしまったら空音の帰りが心配だ。

レフィーナは別れを惜しむように、もう一度強く空音を抱き締める。空音も抱き締め返してくれたことに喜びつつ、すぐに体を離した。

「怪我や病気に気をつけてね、ソラ」

空音は戸惑いながらもこくりと頷《うなず》いた。それを満足して見届けたレフィーナはくるりと背を向けて歩き出す。

「ねぇ……！　名前っ……名前を聞いてもいい？　それと、どこに行けばまた会える……？」

背中にかけられた声にレフィーナは歩みを止める。そして口を開いて……再び閉じた。

もう会えることは、ない。

深呼吸をしてからゆっくりと振り返って優しく微笑む。

「レフィーナよ」

「レフィーナ……ちゃん。また、会える？」

その問いには微笑んだまま、首を横に振った。

もう会えないが、それでもレフィーナは安心して別れられる。空音にはもう家族がいるのだから。

空音はなぜこんなにも別れが寂しく感じるのか不思議に思いながらも、レフィーナを見つめた。もう会えないことが悲しくて、でもレフィーナの優しい笑みがその気持ちを溶かしていく。

「今までありがとう」

会えなくても、雪乃のことを忘れていても、たしかな繋がりがあった。

雪乃はレフィーナとして新しい人生を歩んでいく。それでも空音との繋がりがなくなったりはしない。それが分かったのだ。

「さようなら、ソラ」

「あ……の……！　あなたも幸せになって！　私、あなたの幸せを願っているから！

どこにいても、離れていても！」

空音の言葉にレフィーナは目を見開く。

すると空音はあの頃とは違う、大人びた笑みを浮かべた。

雪乃が空音の幸せを願ったように、空音もまた雪乃の幸せを願っている。

レフィーナはゆっくりと頷《うなず》いた。

「大好きよ、ソラ」

その言葉を聞いた空音は再び口を開こうとするが、それよりも早く空音の鞄《かばん》から電話の着信音が鳴り響く。

空音が驚いてそちらに視線を移した瞬間、レフィーナは強い風に包まれた。

目の前の景色がかき消えると同時に、強い風に思わず目を閉じてしまう。

「……雪乃……」

いつの間にか隣にいた神が、レフィーナの手に冷たい手で触れた。頬《ほお》を流れる涙はそのままに、レフィーナもその冷たい手を握り返す。

「ありがとう、神様。ソラに会わせてくれて」

「……この程度のことしかできなくてすまない……」

「いいえ、充分よ。……私、あの世界で自分のためにレフィーナとして生きるわ」

　空音を助けるために悪役令嬢を演じ、それが終わってからは侍女として前向きに生きようとした。だけど、本当は雪乃の存在が消えてしまうのが怖くて、レフィーナであることを受け入れられなかったのだ。

　でも空音と再会して、記憶はなくても空音の心は、雪乃を忘れていないことを知った。

　雪乃がレフィーナとして生きても、雪乃の存在は消えてなくならない。

　そして、空音は雪乃の幸せを願ってくれている。

　それが分かった今、雪乃はレフィーナとして生きることをやっと決断できた。

　風が吹きやめば、草木の香りがレフィーナを包む。雪乃の世界からレフィーナの世界に帰ってきたのだろう。神が握っていた彼女の手を放した。

「……レフィーナ……」

「え？」

　ここにいるはずのない人物の声がして、レフィーナは目を開けてそちらを見る。視線を投げた先には困惑した表情のヴォルフがアレルと共に立っていた。

　レフィーナは驚いて隣に立つ神を見上げる。

「……彼には君のことをすべて伝えた」

「えっ……すべて……？　ど、どうして……」

「この世界にも雪乃のことを知っている者がいた方が、君の支えになると思ったんだよ」

雪乃が消えてしまうのが怖い。そのレフィーナの言葉を聞いて、神はアレルに指示を出していた。ヴォルフにすべてを教えるようにと。

「ど、どうして、ヴォルフ様に……」

「それは……彼が君を傷つけないと分かっているからだよ。彼は、信頼できる人物だ」

そう答えた神の足元から、光の粒子《りゅうし》がこぼれ始めた。ヴォルフの隣にいるアレルも全身が同じような光の粒子《りゅうし》に包まれている。

「もう、限界だね」

「神様……」

「雪乃、今度こそ……さらばなのだ」

別れの挨拶《あいさつ》をしたアレルにゆっくりと頷《うなず》けば、アレルの姿が完全に光の粒子《りゅうし》となって弾《はじ》ける。レフィーナが神に視線を移すと、優しい眼差しをした銀の瞳と目が合った。

「君には感謝している。ありがとう、雪乃」

ふっと神の口元が緩《ゆる》やかに弧を描く。こぼれ出る光の粒子《りゅうし》はもう神の全身を包み込んでいた。

神はゆっくりとレフィーナの頬《ほお》に両手を添え、そっと額《ひたい》に口づけを落とす。

「雪乃……いや、レフィーナ。君の未来に幸多からんことを」

そう優しい声で告げた神が、アレルと同じように光の粒子《りゅうし》となって弾《はじ》ける。名残《なごり》を惜しむかのように光の粒子《りゅうし》がいくつか漂っていたが、やがて一つ、また一つと消えていった。

それがすべて消えるのを見届けたレフィーナは、ゆっくりとヴォルフに視線を向ける。

「……戻るか」

「はい……」

神だの妖精だのに会って今一番混乱しているであろうヴォルフは、そんな素振りも見せず落ち着いた様子でレフィーナに声をかけた。

レフィーナがヴォルフのもとへ向かえば、彼は眉を寄せながら手を伸ばし、レフィーナの目尻に触れる。

「ヴォルフ様？」

「泣いて、いたのか」

「……え、あぁ……まぁ……」

すっかり頭から抜け落ちていたが、そういえば泣いていたのだったと、レフィーナは恥ずかしくなって顔を逸《そ》らした。

そんなレフィーナを気遣うように、ヴォルフの手が優しく頭に置かれる。

「……妹には会えたのか？」

「はい、元気そうでした」

「そうか。……よかったな」

ヴォルフは本当に全部聞いたのだ、とレフィーナは不思議な気分になる。アレルの姿を見たときはかなり驚いたに違いない。

「全部、信じたんですか？」

「……まぁな。あんなもの目の前で見せられたら神でもなんでも信じるしかないだろ。それに、帰ってきたお前の表情を見れば……本当だってことくらい分かる」

「そう、ですか」

「……俺が……」

頭に乗せられたままだったヴォルフの手がレフィーナの髪を撫《な》でる。

「俺が、お前が雪乃だったことを覚えておく」

「え？」

「そうすれば、雪乃は消えないだろう？」

思わずヴォルフの方を見れば、今度は彼が照れくさそうにぷいっと顔を逸《そ》らして、さっさと歩き始めた。

レフィーナはさっきの言葉を思い出して、じんわりと胸が温かくなる。ヴォルフの気遣いが嬉しかった。

「ありがとうございます、ヴォルフ様」

「別に……これくらいしかしてやれないしな……」

「いいえ……とても嬉しいです」

「……それにしても、お前には驚かされるな。最初は性格の悪い令嬢、次はころっと変わって性格のいい侍女、最後は異世界人ときた」

だんだん恥ずかしさが増してきたのか、ヴォルフが空気を変えるかのように呆れた声を出した。

レフィーナはそんなヴォルフの言葉にくすりと笑う。性格がいいのかどうかは本人的にはよく分からなかったが、たしかにそう言われると中々振り回したようだ。

「人を振り回しておいて、笑っているとは……。やっぱり、本当は性格の悪い令嬢か？」

本気でそう思ってはいないことが分かる、からかいを含んだ口調だ。だから、レフィーナも笑いながら口を開いた。

「もう、悪役令嬢の役割は終えました」

「そうか。なら、今は性格のいい元異世界人の侍女だな」

「……なんだかそうやって言われると、物凄い侍女みたいに聞こえますよ」

「本当のことだろう」

並んで歩きながら、お互いに顔を見合わせて笑う。事情を知っている人が近くにいるというだけで、こんなにも気が楽になるとは思わなかった。

事情を説明しようにも、とても信じられるような内容ではないので、代わりに説明してくれたアレルと神に心の中で感謝する。

「ふふっ。ヴォルフ様とこんな風に話せるようになるとは思っていませんでした」

「俺も思っていなかったな」

「最初は犬猿《けんえん》の仲でしたからね」

「まぁな」

「今は……そうですね、私的には秘密を共有した悪友っていう感じです」

くすくすとレフィーナは笑う。雪乃を覚えていてくれる人がいるという安心からか、レフィーナとして生きることを受け入れられたからか、今までで一番穏やかで楽しく感じられる。

それに、ヴォルフが軽い調子で接してくれるのが、空音と別れて寂しい気持ちがまだ心の片隅にあるレフィーナにはありがたかった。

「……悪友……か」

「ヴォルフ様？」

「俺は……悪友とは思わないからな」

「え？」

ぎゅっと眉を寄せて前を見るヴォルフに、レフィーナはまだ友人にもなれないのか、と残念に思ってため息をつく。

それとも、悪友という友人より親しげな表現が駄目だったのか。考え込むレフィーナをちらりと見たヴォルフは苦笑いを浮かべる。

「お前が嫌いだとか、そういうんじゃないからな。むしろ……」

「むしろ？」

「………………」

「な、なんですか……？」

レフィーナに視線を移したヴォルフの金色の瞳が揺れる。その何かを伝えるような瞳にどうすればいいのか分からず、レフィーナは困った表情を浮かべた。

それを見たヴォルフは視線を逸《そ》らして、短く息を吐き出す。

「……いや、なんでもない」

「ヴォルフ様？」

ヴォルフは首を傾《かし》げるレフィーナに再び苦笑いを浮かべると、首を横に振って、それ以上は何も言わなかった。

以降はその話題に触れることなく、二人で歩いていく。

レフィーナはてっきり自分の部屋に向かっているものと思っていたのだが、ヴォルフが歩みを止めたのはその部屋にほど近い場所にある井戸だった。

「ヴォルフ様、ここは……」

「泣いた後は目が腫《は》れるだろ。少し冷やした方がいい」

そう言ってヴォルフは井戸水を汲《く》み上げると、ポケットから取り出したハンカチを冷たい水に浸《ひた》して軽く絞《しぼ》り、それをレフィーナに渡した。

「あ、ありがとうございます」

よく冷えたそれでレフィーナは目を覆《おお》う。泣いたせいで熱を持っていた目が冷やされ、とても気持ちがいい。

明日は賓客《ひんきゃく》の見送りやら、客室の片づけやらの仕事があるので助かる。多少なら化粧でごまかせるが、腫《は》れを抑《おさ》えられるならその方がいい。

ハンカチが温《ぬる》くなるたびにヴォルフが井戸水で冷やして、また目に当ててくれる。それを何度か繰り返せば、すっかりレフィーナの目の熱は引いていた。

「ん。もう大丈夫だろ」

「ありがとうございます」

「じゃあ、部屋の近くまで送っていく」

「はい、お願いします」

この井戸からならばそう遠くはないのだが、ヴォルフの厚意に素直に甘えておく。

侍女たちの部屋が並ぶ廊下にたどり着くと、レフィーナはヴォルフに深く頭を下げた。

「ありがとうございました」

「すっかり遅くなったが、しっかり休めよ」

「はい。あの、今さらですけど……お仕事中でしたよね……」

今日はレオンとドロシーの結婚式に舞踏会《ぶとうかい》まであったのだ。ヴォルフも警備の仕事で忙しかったはず。そのことに今さらながら気がついて、レフィーナは申し訳ない気持ちになった。

「騎士団長から休憩するように言われていたから大丈夫だ」

「休憩時間を潰してしまって、すみません……」

「気にするな。これくらいのことで別に文句なんて言わないし、嫌だったらそもそもここに来ていない。だから、そんな申し訳なさそうな顔しなくていい」

ヴォルフはレフィーナの頭をぐしゃっと少々乱暴に撫《な》でた。

「ほら、さっさと休め」

「ありがとうございました」

レフィーナはもう一度、感謝を込めて頭を下げてから、自分の部屋の前まで歩いていく。扉を開ける前にちらりと見れば、先ほどの場所にまだヴォルフがいた。どうやら部屋に入るまで見届けるつもりらしい。

それをなんだか妙にくすぐったく感じながら、レフィーナは部屋の中へと足を踏み入れた。

◇

翌日、賓客《ひんきゃく》の見送りを先輩侍女たちがしている間、見習いのレフィーナは使われた客室を掃除していた。いつもメラファとペアで仕事をしていたが、今は一人で仕事をしている。

神の分身だったメラファのことは関わっていた者たちの記憶から消えており、覚えているのはレフィーナとヴォルフの二人だけのようだった。

「レフィーナ」

「はい？」

掃き掃除を終えたレフィーナは名前を呼ばれて、後ろを振り返った。扉のところにカミラが立っており、レフィーナのことを手招きしている。

掃除道具を置いて近づけば、カミラが口を開いた。

「プリローダの第四王子であられるレイ殿下がレフィーナに挨拶《あいさつ》をされたいそうなので、一緒に来ていただけますか」

「レイ殿下が……？　分かりました」

レフィーナに随分と懐《なつ》いていたレイも、今日帰国する。その前に会いたいとのことで、カミラが呼びに来たのだ。

レフィーナがカミラの後に続いて歩いていけば、やがて城門にたどり着く。

レイは、花の装飾が美しい豪華な馬車の横に立っていた。レフィーナに気づいて、ぱっと笑みを浮かべる。

「レフィーナ！」

「レイ殿下」

「もう国に帰らないといけないから、その前に会いたくて！」

にこにこと笑みを浮かべるレイにレフィーナも微笑みを返す。相変わらず可愛らしいレイの頭を撫《な》でようとしたが、はっとして手を引っ込めた。

こんなに人が多い場所で隣国の王子の頭を撫《な》でるわけにはいかない。

「ねぇねぇ、レフィーナ！ ぼく、兄上に聞いたんだけど、レオン様とドロシー様がぼくの国に来るんだって！ レフィーナはドロシー様の侍女になるって聞いたし、レフィーナも一緒に来るよね！」

レイの言葉を頭の中で繰り返して、レフィーナはあぁと思い当たる。たしか先輩侍女たちが、レオンとドロシーの新婚旅行先が隣国のプリローダになったらしい、と話していた。

それならば、ドロシーの専属侍女となるレフィーナも共に行くのだろう。

「はい。まだ詳しくは聞いていませんが、そうなれば私も行くかと思います」

「やった！ 楽しみにしてるね！」

「私も楽しみにしていますね」

「あ、あのね……それで、しばらくはお別れだから……その、レフィーナに頭を撫《な》でてほしいんだ」

恥ずかしそうにおねだりするレイが可愛らしくて、レフィーナは和《なご》みながらさらさらの黒髪を撫《な》でた。レイからのお願いならば触れても問題ない。

「ありがとう！　レフィーナ、またね！」

「はい、またお会いしましょう」

頭を撫《な》でてもらって満足したらしいレイは笑顔で手を振りながら、馬車に乗ってプリローダへと帰っていった。

◇

賓客《ひんきゃく》の帰国も滞りなく終わり、今日は疲れ果てた使用人たちにとって待ちに待った休日だ。

いつもは開かれている城門が閉じられ、レオンとガレンからは労《ねぎら》いの言葉と酒が振る舞われる。

祝宴《しゅくえん》といっても、皆が集まって一つの会場で、というわけではない。休日とはいえ、もちろん騎士たちは警備をおろそかにできないし、侍女たちも多少はやるべきことがある。よって仕事を交代で行《おこな》うことになり、その都合上、各部署で祝宴《しゅくえん》が行《おこな》われるのだ。

侍女たちの祝宴《しゅくえん》はいつもの集会所で行《おこな》われ、レフィーナもお昼頃には仕事を終えて、美味《おい》しい料理を味わっていた。

「なぁに、レフィーナ。お酒飲まないの？」

「はい……。私は飲みません」

「なーんだ、つまんないのー」

「まだ若いうちはお酒なんか飲まなくていいのよー！　あははっ」

結構出来上がっている侍女たちに苦笑いを浮かべて、レフィーナは水を口に含んだ。

そんなレフィーナにニヤニヤしながら、先輩侍女たちが酒瓶《さかびん》を片手にグイグイと体を寄せてくる。

「さぁーて！　ここいらでちょっーと、お姉さんたちに聞かせてねー」

「そうそう！　ヴォルフ様とはどこまでいったの!?」

「ごほ……っ……!!」

思いもよらない質問にレフィーナは噎《む》せた。以前レナシリアにも同じようなことを言われて、同じような反応をしたのを思い出す。

「な、なんでヴォルフ様が出てくるんですか……！」

「えー？　だって最近、仲よさそうだし？」

「そうそう。それにレフィーナを見る、あのヴォルフ様の眼差し……！」

「ヴォルフ様の眼差し？　ヴォルフ様の眼差しがどうかしたのですか？」

「えっ……！」

レフィーナが首を傾《かし》げながら問いかければ、先輩侍女たちがかちん、と固まった。

そして、集まって何やらひそひそと話し始め、やがて一人が恐る恐るといった感じでレフィーナに問いかける。

「レフィーナ、ヴォルフ様とはその、恋人同士じゃないの？」

「違いますけど……」

「じゃ、じゃあ、ヴォルフ様のことをどう思う？」

「友人くらいにはなりたいんですけど……先日、友人とは思わないって言われてしまったんですよね」

正確に言えば悪友だったが、そう変わらないだろう。レフィーナが難しい顔をして言うと、先輩侍女たちの表情が憐れむようなものへと変わった。そして、レフィーナには聞こえないように、またこそこそと話し始める。

「可哀想……ヴォルフ様……。全然、気づいてもらえてないいじゃない！」

「鈍感《どんかん》だわ……。あんな眼差しされたら少しでも期待しないのかしら」

「しかも、友人にはなれないって……そういう意味よね！」

「まぁ、レフィーナらしいといえばレフィーナらしいけど……」

はぁー、と先輩侍女たちは一斉にため息をついた。話題の中心であるレフィーナは、もうすっかり食事に夢中になっている。

そんな中、やり取りを見ていたカミラがやってきて、レフィーナの前に大きな酒瓶《さかびん》をドンッと置いた。

「あの？」

「レフィーナ。すみませんが、これを騎士の詰所《つめしょ》に持っていってくれませんか？」

「はい、分かりました」

「そのまま、ゆっくりしてきても構いませんので」

「？」

首を傾《かし》げながらも、レフィーナは大きな酒瓶《さかびん》を両手で抱えて集会所を出ていった。

カミラと先輩侍女たちはそれを見送った後、顔を見合わせ頷《うなず》き合う。レフィーナの知らないところで侍女たちが結託《けったく》した瞬間であった。

◇

カミラに言われた通り、レフィーナは騎士の詰所《つめしょ》まで来ていた。なぜだか入り口の横には積み重なった騎士の山ができていて、ちょっと困惑しながらも扉を開く。

「あの、お酒を持ってきたんですが……」

「おぉ！　ちょうど、お嬢ちゃんの話をしてたんだ！」

「あらぁん！　お久しぶりね！　レフィーナちゃん！」

「ダットさん！」

ザックの双子の兄のダットがレフィーナを見て、ぱちんとウィンクを投げた。レフィーナはテーブルに座る二人のもとに近寄ると、酒瓶《さかびん》をテーブルに置く。

「どうしてこちらに？」

「実はねぇ、ザックちゃんが特別に呼んでくれたのよ！」

「そうだったんですね」

「中々会う機会もないからな！　まぁ、俺はこれから仕事だからいなくなるが、お嬢ちゃんはゆっくりしていきな」

「あ、はい。ありがとうございます」

ザックはヒラヒラと手を振って詰所《つめしょ》から出ていった。ダットに勧《すす》められて、レフィーナは先ほどまでザックが座っていた椅子に腰かける。そして、改めて詰所《つめしょ》の中を見回した。

飲みすぎたのか、騎士たちが真っ赤な顔で床に転がっている。

「ふふっ。皆、ヴォルフちゃんに飲み比べを挑《いど》んで負けたのよぉ」

「そ、そうなんですか」

「ちなみに詰所《つめしょ》の前に山積みになってるのは、酔ったヴォルフちゃんに一撃お見舞いしようとして返り討ちにされた子たちよ。ヴォルフちゃんって酔ってるときの方が強いみたいね。遠慮やら手加減やらを忘れるから」

ふふっと笑ってダットはお酒のグラスを傾ける。そんなダットから転がっている騎士たちに視線を移したレフィーナは、その中にヴォルフがいないことに気づいた。

「うふっ。ヴォルフちゃんが気になるの？」

「え、いえ……その、見当たらないなって…」

「ヴォルフちゃんなら、酔い醒《ざ》ましに散歩してくるって出ていったままよ」

「そうですか……」

「……レフィーナちゃん。なんだか、雰囲気変わったわねぇ」

グラスにお酒を注《つ》ぎ足しながら、ダットがすっと目を細めてレフィーナを見つめた。

レフィーナはダットの言葉の意味が分からず首を傾《かし》げる。

「お店で話したときは、何か心に引っかかってるものがあるって感じだったわよぉ。私がザックと会えてないって話したら、暗い表情してたし。でも、今は憂《うれ》いがなくなったって感じ」

にっこりと笑うダットに、レフィーナも笑みを浮かべて頷《うなず》いた。

知りたいことも知れて、会いたかった空音にも会えて。気持ちの整理がきちんとついた。だから、心に引っかかっているものはない。

「憂《うれ》いがなくなったのはヴォルフちゃんのおかげかしらぁ？」

「……そうですね……。ヴォルフ様のおかげでもあります」

雪乃のことを覚えている、そうヴォルフは言ってくれた。今思い出しても、とても嬉しい言葉だ。

「そぉ……。むふっ。大好きな彼の存在って特別よねぇ」

「ダットさん、なんだかその言い方だと誤解がありそうなのですが……」

「えぇ？　なんでぇ？　付き合ってるんでしょー？　この前だってデートしてたし、さっきのヴォルフちゃんだって……」

「いえ、付き合っていませんが……」

　先輩侍女といい、ダットといい、なぜこうも勘違いされるのだろうか。レフィーナは否定の言葉と共に首を横に振った。

　ダットは目を見開いてから、難しい表情を浮かべて何やらぶつぶつと呟《つぶや》き始める。

「ええ……？　でも、ヴォルフちゃん、さっき騎士ちゃんたちに……。ん？　でも付き合ってるとは言ってなかったかしら。っていうことは、片思い？　え、なんていじらしいのぉ！」

　頭を抱えて机に伏せたダットに、レフィーナはぎょっとする。

「あ、あの、ダットさん？」

　何を言っているのか聞き取れないので困って眉を寄せていると、ダットががばっと顔を上げた。

「ふふっ。ねぇ、レフィーナちゃん」

「は、はい、なんでしょう？」

「あのね、ヴォルフちゃんなんだけど、酔い醒《ざ》ましに出てからしばらく経ってるのぉ。これだけの人数と飲み比べしてたんだし、ちょーっと心配よね」

　ダットが詰所《つめしょ》の中を見回したので、レフィーナも同じように見回す。床に転がっている騎士は十人ほどだろうか。

　この人たちがどれほどお酒に強いかは知らないが、この人数を相手に飲み比べをしたのなら、ヴォルフは相当な量を飲んでいるはずだ。

「たしかに少し心配ですね。……酔ったヴォルフ様は想像できませんが……」

「そうでしょう？　たしか、井戸の方に行くって言ってたわ。しかも人気《ひとけ》のない方の。何かあっても誰も気づかないだろうから、レフィーナちゃんが見てきてくれないかしらぁ？」

「分かりました」

「待っ……て……ヴォルフ、には……」

　レフィーナが頷《うなず》いた直後、ダットの足元の近くで仰向《あおむ》けに転がっていた騎士が声を上げた。そちらに視線を移したレフィーナは、じっと騎士の顔を見つめる。

　その騎士の顔には見覚えがあった。たしか食堂での騒ぎのときにヴォルフといた同期の騎士だ。

「あいつ……酔ってる……危ない……。レフィーナちゃ、ん……うぇ……」

「あの、大丈夫ですか？　お水飲みます？」

「うっ……可愛い……。ヴォルフ、には、もったい……」

気分が悪そうな騎士に水を用意しながら、途切れ途切れの言葉に耳を傾けていれば、その騎士の鳩尾《みぞおち》の辺りをダットが容赦《ようしゃ》なく足でグリグリと踏んだ。

「ぐぅえええええええ!!」

「ダ、ダットさん!?」

座ったまま騎士を踏み潰すダットは、戸惑うレフィーナににっこりと笑みを浮かべる。

「いやん。邪魔をする奴は私に踏みつけられるのがお似合いよねぇ」

「え?」

「レフィーナちゃんは、ヴォルフちゃんをお願い。ね?」

「ぐぅ……レフィ、ちゃ……うぐっ!」

にこにこしながら騎士を踏み潰すダットの威圧にレフィーナはこくこくと頷《うなず》き、ちょっと騎士を可哀想に思いながらも詰所《つめしょ》を後にする。

積み重なった騎士たちの横を通り過ぎて、普段はあまり使われない井戸の方へ向かう。途中ですれ違う見回りの騎士たちに挨拶《あいさつ》をしつつ歩いていくと、ヴォルフがぐったりとした様子で井戸に背を預けて座っていた。

酔っているせいなのか、いつもきっちり着ている服が乱れている。シャツのボタンは上の方がいくつか外れ、鍛《きた》え上げられた胸元が覗《のぞ》いていた。

焦げ茶色の髪もいつもより無造作で、なんと言うか……色っぽい。

「ヴォルフ様……？」

戸惑い気味にかけられた声が聞こえたのか、ヴォルフが閉じていた目を開いてレフィーナの方を見た。レフィーナはそんなヴォルフの様子を窺《うかが》いながら近づく。

「……っ」

井戸の前まで行くと、先ほどよりヴォルフの顔がよく見えた。お酒のせいで頬《ほお》は微《かす》かに赤く染まっているし、レフィーナを見る金色の瞳はどこか甘さを含んでとろん、としている。

いつもと違うヴォルフにドキドキと鼓動《こどう》が速くなって、そんな自分にレフィーナは激しく動揺した。

「レフィーナ……」

ヴォルフが眼差しと同じように甘さを含んだ声でレフィーナを呼ぶ。

名前を呼ばれただけだ。ただそれだけのことなのにレフィーナの頬《ほお》が熱を持つ。

「お、お水……飲みますか？　それとも、何か他に欲しいものはありますか？　取ってきますよ」

動揺しているせいか早口になってしまう。できれば一度この場を離れて落ち着きたい。

一旦落ち着けば、いつもと違うヴォルフといても冷静でいられるはずだ。

しかし、逃がしてはもらえないようだった。

「……いらない。ここにいてくれ、レフィーナ」

甘い声と微笑みで、ヴォルフはレフィーナをさらに戸惑わせる。

雪乃のときから恋愛経験がないレフィーナは、ヴォルフが自分に向ける感情にも、自分が今のヴォルフを異性として意識していることにも気づいていない。

とにかくこの空気を変えたくて、必死に話題を探す。

「そ、そうだ……ヴォルフ様、あ、悪友が駄目なら友人からではどうでしょう！　悪友って、友人よりも親しい感じですからね！　まずはただの友人から……！」

「……嫌だ」

「だ、駄目ですか……」

「友人も、悪友も、嫌だ」

そう言うとヴォルフはレフィーナの手首を掴《つか》んで引き寄せる。ヴォルフの胸に飛び込む形になったレフィーナは、手で顎《あご》を掬《すく》われてぐいっと上を向かされた。

金色の瞳と緋色《ひいろ》の瞳が至近距離で絡《から》み合う。

ヴォルフが顔を傾けただけで、お互いの唇が触れそうなほどに、近い。

「ヴォ、ルフ……様……？」

ぎこちなく名を呼べば、ヴォルフは一瞬、唇を震わせる。そして唇を触れ合わせることなく顔を離して、レフィーナをぎゅっと抱き締めた。

「悪友とか友人とか……そんなものじゃなくて、俺は恋人になりたい」

酒のせいで熱い吐息と、優しく甘い声がレフィーナの耳をくすぐる。

先ほどの比ではないくらいに心臓が早鐘《はやがね》を打って、耳まで熱くなった。

こうしてヴォルフに抱き締められていることも、先ほどされそうになったキスも、驚いただけで嫌だとは思わなかった。そう考えたせいで、余計に顔が熱くなる。

「あ、あ、あの……！」

「…………」

「ちょっと、時間！　時間をください！」

目が回りそうになりながら、レフィーナはぐっと力を入れてヴォルフから体を離した。

案外すんなり離してもらえて、ほっと息をつく。

「こ、恋人とか急に言われても、その……ほら、最近、レフィーナとして生きると決めたばかりですし、別にヴォルフ様が嫌いというわけではないんですが……！」

こちらの世界で生きると決めたときに、誰かと結婚して子供ができて……そんな未来をぼんやりと想像した。だが、この展開は予想しておらず、色々とついていけない。

とにかく落ち着く時間が欲しかった。

「…………」

「ヴォ、ヴォルフ様？」

先ほどから何も言わないヴォルフに、レフィーナはぎゅっと眉を寄せる。もしかして、はっきりと返事をしなかったから傷つけてしまったのだろうか。そう考えて、じっとヴォルフを見つめた。

だがヴォルフは井戸に背を預けて俯《うつむ》いているため、表情は分からない。

「……も、もしかして……」

ピクリとも動かないヴォルフが心配になり、恐る恐るその肩に触れて、軽く揺すってみる。

俯《うつむ》いていたヴォルフの頭が力なく揺れて、レフィーナは息をどっと吐き出した。

「寝てるし……」

すー、と気持ちよさそうな寝息が聞こえてくる。レフィーナは立ち上がり、眠っているヴォルフを見下ろした。

「……はぁー……」

先ほど唇が触れ合いそうになるくらい近づいたことを思い出して、また頬《ほお》が熱くなってしまいブンブンと首を横に振った。

なんとか頬《ほお》の熱を追い出すと、今度は考え込む。

「かなり酔ってたよね……。キス、しようとしてたし……私のこと……す……好き、っていうこと……？　それとも、酔うとキス魔になるとか？」

じーっとヴォルフを見る。

酔ったからといってキス魔になるようなタイプではなさそうだが……

なんだかよく分からなくなってきて、レフィーナは混乱の原因であるヴォルフにむっとする。

「……恋人になりたいっていうのも……酔っているとき私がたまたまここに来たからら……とか？」

全部酔っていた勢いで、近くにいたレフィーナになんとなく言っただけなのだろうか。

そう思うとなぜかチクンと小さく胸が痛んで、レフィーナはため息をつく。

ちゃんと聞きたいような、聞きたくないような。そんな複雑な気持ちを持て余すが、本人が寝てしまっていてはどうしようもない。

「レフィーナちゃーん！」

ダットの声が聞こえてレフィーナはびくりと体を震わせる。慌てて声がした方を見れば、ダットが近づいてきた。

「……ダットさん。ヴォルフ様、寝てしまって……運ぶのを手伝ってもらえませんか？」

「あらぁ……。心配で来てみたけど、正解だったわねぇ。私が運んであげるわ！」

体の大きなダットならヴォルフを簡単に運べるだろう。助かった、と思いながら見ていれば、なんとダットがヴォルフを軽々と抱き上げた。

……横抱き……つまりお姫様だっこだ。

レフィーナが頬《ほお》を引きつらせている間に、ダットはなんのためらいもなくヴォルフを運んでいったのだった。

◇

「……中々寝つけなかった……」

いつもより早い時間に起床したレフィーナは、身支度を整えながら、ややげっそりした様子で呟《つぶや》いた。

寝つけなかった原因はもちろん、酔ったヴォルフの発言や行動のせいだ。

「……はぁ……」

重いため息をつき、レフィーナは部屋を後にした。とりあえず、ヴォルフのことを頭から追い出し、今日のことを考える。

今日からドロシーの専属侍女になるので、いつもの仕事とは違う。ドロシーに飲ませるモーニングティーは何がいいだろうか、と考えながら食堂へ入る。

いつものように朝食を受け取って、どこに座ろうかと食堂を見渡した。

「レフィーナ」

「あ、カミラ侍女長。おはようございます」

「ここが空いていますので、どうぞ」

「ありがとうございます」

声をかけられて、レフィーナはカミラの正面の席に座る。まだ少し早い時間だが、カミラだけでなく他の侍女もちらほらいるようだ。

侍女以外の使用人や騎士たちなんかも早めの朝食を取っている。

「今日からドロシー様の侍女ですね」

とろっとしたスープを上品な仕草で口に運びながら、カミラがレフィーナに話しかける。

「はい」

「何か困ったことがあれば、すぐに先輩の侍女や私に相談してください」

「分かりました」

「……ところで、昨日は中々面白そうな噂《うわさ》が広まっていましたね」

「…………ええ、そうですね……」

自分がその面白そうな噂《うわさ》の当事者というか、目撃者というか。レフィーナは気まずい思いで千切《ちぎ》ったふわふわのパンを口に運ぶ。

噂《うわさ》というのはヴォルフのことだ。

ザックの双子の兄であり、オネェでもあるダットにお姫様だっこで部屋まで運ばれたことが、ヴォルフの知らないところで広まっていた。

「おや。噂《うわさ》をすれば……」

「えっ?」

カミラの言葉にレフィーナは慌てて振り返って、食堂の入り口を見る。

そこには今までで一番、機嫌が悪そうなヴォルフがいた。入り口付近に座っていた騎士たちがヴォルフをからかい、一睨《ひとにら》みされて小さくなっている。

朝食を受け取ったヴォルフが食堂を見回したところで、レフィーナはぐるんとカミラの方に向き直った。今は色んな意味で会いたくない。

しかし、残念ながらそんなレフィーナの思いは通じなかったようだ。

「……ここ、いいか？」

ヴォルフは真っ直ぐにレフィーナのところへ来た。しかも、隣の席に座ろうとしている。

昨日のことを思い出して頬《ほお》が熱くなったレフィーナは、それがばれないように、俯《うつむ》いて視線を朝食に固定した。

「ええ。どうぞ」

代わりにカミラが返事をして、ヴォルフがレフィーナの隣の席に座る。

せめてカミラがいてくれてよかった、とレフィーナが思った瞬間、あっさりとカミラが立ち上がった。思わず顔を上げれば、カミラと目が合う。

「私は仕事がありますので、これで失礼します」

「えっ、あの」

戸惑うレフィーナを残して、カミラはさっさと行ってしまった。食堂なので二人きりというわけではないのだが、隣同士は正直気まずい。

今、ヴォルフは一体何を考えているのだろうか。

「なぁ」

「は、はい」

「昨日……」

昨日、という言葉にレフィーナは小さく体を震わせる。

「かなり酔っていて記憶がないんだが……」

「……はい？」

「レフィーナが来たところまではぼんやり覚えているんだが、その後がいまいち思い出せない」

その言葉にレフィーナは思いっきりため息をついて、やっとヴォルフの方に視線を投げた。その視線がちょっと刺々《とげとげ》しいものであっても仕方ないと思う。

「……そうですか、覚えてないんですか」

「す、すまない。酔っていて迷惑かけた、よな……。悪い」

一人で考え込んで馬鹿みたいだ、とレフィーナは千切《ちぎ》ったパンを口に放る。

昨日の甘い雰囲気も、キスしようとしたことも、告白も……全部、ヴォルフは覚えていない。

そのことに、少し傷ついて落ち込む。

「…………落ち込む……？」

自分の考えに驚いて、レフィーナは思わず呟《つぶや》く。

酔っていたのなら変な行動をしてしまっても仕方ない、といつものレフィーナであれば簡単に片づけてしまうはずだ。

こんなにも考え込んだり、傷ついたりなんて、しない。

「レフィーナ？」

ヴォルフに呼びかけられて、レフィーナは考えていたことを頭から追い出した。

何も覚えていない彼に、私のこと好きですか？　なんて聞けるわけない。レフィーナは深く息を吸って吐き、気持ちを落ち着かせた。

「……別に迷惑になるようなことはありませんでしたよ。気にしないでください」

「……そうか」

「どちらかといえば、運んでくださったダットさんの方が……」

「……うっ……」

ヴォルフが小さく呻《うめ》く。今はその名は聞きたくなさそうだ。

もう昨日のことには触れない方がお互いのためにもいいか、とレフィーナは口を閉じる。

すると話題を変えるように、ヴォルフが話しかけてきた。

「今日からドロシー嬢の侍女になるんだったな」

「はい。……朝食を終えたらモーニングティーの用意をして、お部屋に向かいます」

「そうか。……この時間だとレオン殿下もまだ部屋にいるだろうな」

結婚したレオンとドロシーは同じ部屋だ。ドロシーの侍女になるということは、レオンとも顔を合わせる機会が増える。

そういえばレオンだけは、レフィーナの事情をまだ知らないのだったと思い出す。

おそらくレナシリアやドロシーからも説明してはいないだろう。

ヴォルフも同じことを思ったようだ。

「レオン殿下は……まだ……」

「私がわざとああしたことを知りませんよ」

「大丈夫か？　レオン殿下、お前のことをよく思っていないぞ」

「まぁ、大丈夫ですよ」

ドロシーに危害を加える気がないのはさすがにもう分かっているはずだ。レオンがレフィーナに攻撃的な態度を取るのはドロシーを守るため。その必要がなければ、城に来た初日のようなことはわざわざしないだろう。

「私にはドロシー様もいらっしゃいますし、仕事をきちんとしていればレオン殿下も何も言わないと思います」

「……そうか。さすがに本当のことは言えないしな……」

「そんなことをしたら、レオン殿下の性格がますます捻《ひね》くれます」

あなたと結婚したくないのであしました。なんて言われたら、好きではなかったとしてもショックだろう。

レフィーナが城に来て改心した、くらいに思ってもらえた方がやりやすい。

最後の一口になったスープを口に運ぶと、レフィーナはちらりとヴォルフを見た。

話し始めたら意外と普通に話せて、ほっと胸を撫《な》で下ろす。意識しすぎないようにしていれば、これからも今まで通りでいられるはずだ。

「私は先に失礼しますね」

「あぁ。仕事、頑張れよ」

「はい」

頷《うなず》きながら返事をして、レフィーナはその場を後にした。

◇

準備を整えたレフィーナはレオンとドロシーの部屋の前まで来ていた。必要なものが乗ったワゴンも一緒だ。

美しい装飾が施《ほどこ》された扉をノックすれば、レオンの従者が扉を開けてくれる。やはり、まだレオンは部屋にいるようだ。

中に入ると、レオンが一人でいた。ドロシーは寝室の方にいるのだろう。

「おはようございます、レオン殿下」

「あ、あぁ」

「本日よりドロシー様の専属侍女を務めさせていただきますので、よろしくお願いいたします」

「…………」

微妙な表情をするレオンに、レフィーナはきちんと頭を下げて挨拶《あいさつ》する。そんなレフィーナに戸惑った様子を見せたレオンは、深呼吸してから口を開いた。

「レフィーナ。その、城に来た日に……酷《ひど》いことを言って悪かった」

「君は……社交界で淑女《しゅくじょ》にあるまじき発言を沢山して……その結果、身分を剥奪《はくだつ》され侍女になった。城で見かけたときは正直、自業自得《じごうじとく》だと思って……あんなことを言ったんだ」

「レオン殿下……？」

思えばレオンとこうして話をするのは、城に来てから初めてだ。

緊張しているのか硬い表情のレオンの言葉に、レフィーナは心の中で同意する。

レフィーナだって、性格が悪くて嫌っている女がいて、その女が相応の罰を受ければ、自業自得《じごうじとく》だと思って胸がスカッとするだろう。

レオンがドロシーを好きなら、なおさらそう思っても別に変ではない。

「……君は侍女になってからドロシーによくしてくれている。ドロシーも君のことを信頼しているようだ。……だから、その、あのときのことは謝っておくよ」

きっとレオンはまだ心の奥では、レフィーナを信じきれていないはずだ。レフィーナがわざと婚約破棄されるようにした事実を知らないのだから。

それでも、レオンはそんな自分の気持ちより、レフィーナと仲よくするドロシーを信じることにしたのだ。そして、ドロシーのために、レフィーナとのわだかまりをなくそうとしている。

この様子なら、もうレフィーナに敵意を向けてくることはないだろう。

「私も社交界ではご迷惑をおかけして、申し訳ありませんでした」

「……あ、あぁ。それでは、私は仕事があるから……」

部屋の外へ出ようとしたレオンは、ふと立ち止まって振り返ると、レフィーナを真っ直ぐに見つめた。そして、さっと頭を下げる。

「ドロシーを……頼む」

そう言うと、今度こそ部屋の外へ出ていった。

二人の仲が作為的《さくいてき》に取り持たれたものだとしても、レオンはドロシーを大切にしている。

そのことにレフィーナは安心した。神の話を聞いたからこそ、特にドロシーには幸せになってほしいと思っている。

寝室の前まで行くと、結婚後ドロシーと初めて会うことに少し緊張しながらノックする。

「……ドロシー様、レフィーナです」

「……はい、どうぞ……」

扉の向こうから返事が聞こえたので、レフィーナは中へと入った。

大きなベッドの上でドロシーが上半身を起こし、眠そうにあくびをしている。レフィーナと目が合うと、恥ずかしそうに微笑みを浮かべた。

結婚前と変わっていない様子に、レフィーナはほっとする。神が言っていた通り、ドロシーはドロシーのままだった。

「おはようございます、レフィーナ様」

「おはようございます、ドロシー様。本日からよろしくお願いいたします」

「こちらこそよろしくお願いします」

お互いに頭を下げ合って、くすくすと笑い合う。

ドロシーが主人でレフィーナは侍女だというのに、主従というより友人同士のようだ。

「モーニングティーをご用意いたしました」

「ありがとうございます」

まだベッドにいるドロシーに、たっぷりのミルクを入れたモーニングティーを差し出す。

ドロシーは受け取った紅茶を飲んで、口元を緩《ゆる》めた。

「とっても、美味《おい》しい……」

ゆっくりと紅茶を味わったドロシーからティーカップを受け取ると、レフィーナは寝室を後にする。

そして空《から》のティーカップをワゴンに置き、持ってきていた朝食をテーブルに並べた。

ドロシーは朝はあまり食べないと事前に聞いていたので、軽めの朝食だ。

寝室から出てきたドロシーのために椅子を引いて、座ってもらう。

「なんだか……とっても素敵な朝です。本当にレオン殿下と結婚して、レフィーナ様が侍女になってくださったんですね……」

「……そうですよ。ドロシー様、私のことは呼び捨てでお願いします。もう主従関係なのですから」

「……で、でも……なんだかこの呼び方で慣れてしまって……」

しゅん、とするドロシーにレフィーナは強く言えない。しかし、さすがに侍女に様を付けて呼ぶのはドロシーの沽券《こけん》に関わる。

「では、公《おおやけ》の場だけでも呼び捨てでお願いいたします」

「はい」

まぁ、公《おおやけ》の場でちゃんと主人としての態度が取れるのならいいか、とレフィーナは結論を出した。

軽めの朝食が終わると、レフィーナはドロシーの身支度を整える。

「はい。これでいかがでしょう」

「ありがとうございます、レフィーナ様」

身支度を終えたところで、ふとあることを思い出してドロシーに問いかける。

「新婚旅行先はプリローダに決まったのですか？」

「もうお聞きになったんですね！　まだ詳細は決まっていないのですが、そうなのです」

「花の国……。楽しみですね」

「はい！　そういえば、レフィーナ様がプリローダの第四王子に求婚されてるとお聞きしましたけど……」

ドロシーの言葉にレフィーナは苦笑いを浮かべる。求婚と言っても十にもならない子供だ。

好意は嬉しいし微笑ましいとも思うのだが、レフィーナからしたら可愛い弟にしか見えない。

レイもきっと近所のお姉さんに憧《あこが》れるような気持ちなのだろう。それはやがて薄れていく感情だ。

「……今だけですよ、きっと。それに、婚約者もいらっしゃると思いますし」

「そうですね……。王子様なら婚約者もいらっしゃいますよね」

「ええ」

「そうだ！　レフィーナ様は気になる男性はいらっしゃらないのですか？」

座り心地のよさそうな椅子に腰を下ろしたドロシーが、キラキラとした瞳でレフィーナを見つめる。

レイにも同じことを聞かれた。あのときは迷いなく『いない』と答えることができたが、今は……。

「……えっ、と……」

昨日のヴォルフが頭に浮かんで、レフィーナの頬《ほお》がわずかに熱を持つ。あのときはとにかく混乱していて、落ち着く時間が欲しいと思った。

では、落ち着いた今は？

「ふふっ。そのご様子だと、どなたか気になる方がいらっしゃるのですね？」

ドロシーの声にレフィーナははっとした。

「え、あ……」

咄嗟《とっさ》に返事をしようとしたが、意味のない言葉しか出てこない。

そのことに恥ずかしくなっていると、ドロシーが可愛らしい笑みを浮かべた。

「私でよければ話していただけませんか？」

「うっ……えっと……」

「人に話してみると、自分の中で整理がついたりするものですよ。もちろん、無理には聞きませんが……」

ドロシーの優しい声に戸惑いながらも頷《うなず》いた。そんなレフィーナにドロシーは自分の隣の椅子を勧《すす》める。

レフィーナはちょっと迷いながらもそこに座ると、ドロシーの方を窺《うかが》うように見た。

「ここで話したことは私たちだけの秘密にしますから、大丈夫ですよ」

「……実は昨日、酔ったヴォルフ様に……その、恋人になりたいと言われて……。でも、今朝会ったときにはヴォルフ様はそのことを忘れていたんです」

「まぁ……！　ヴォルフ様ったら、そんな大切なことを酔っているときに伝えるなんて……。それで、レフィーナ様はヴォルフ様のことをどう思っておいでなのですか……？」

「それが……ヴォルフ様に言われるまでは友人になれたらいいな、と思っていたんです……。でも、今はよく分からなくなってしまって……」

たしかに友人になりたいと思っていた。けれど、それはヴォルフにきっぱりと断られてしまったし、昨日からなんだか心が乱れている。

ヴォルフのことでドキドキしたり、落ち込んだり……

レフィーナはそんな自分に戸惑っているばかりだ。

「突然、告白されたら驚いてしまいますよね。きっと今のレフィーナ様は、ヴォルフ様を異性として意識し始めたばかりなのでしょう」

「異性として意識……？」

「はい」

「でも、恋人になりたいとは……」

「まだ意識し始めたばかりで、好きという感情にまで至っていないんですよ」

ヴォルフのことは嫌いではない。それはたしかだ。

だが、異性として好きか、と言われるとよく分からない。ドロシーの言う通り、まだそこまで感情が追いついていないのだろう。

「レフィーナ様。これから、ゆっくりヴォルフ様を知っていくのはどうでしょう？」

「ゆっくり、知っていく……」

「はい。慌てなくても、レフィーナ様の心がきっと答えを出してくれます」

ドロシーの優しい言葉がレフィーナを落ち着かせてくれる。

「ヴォルフ様がまた告白してくれるまで……ゆっくり知っていきましょう？」

「……はい……」

ヴォルフが忘れてくれていてよかったのかもしれないとレフィーナは思い始めた。忘れてくれたおかげで、考える時間ができたのだ。

　また告白をしてくれるかは分からないが、好きになったら自分が頑張ればいい。そう思えば気持ちの整理がついた。これも話を聞いてくれたドロシーのおかげだ。

「それにしても、酔ったヴォルフ様が想像できません。どのような感じなのですか？」

「……どのような、感じ……」

　昨日のヴォルフを思い出す。瞳も声も甘く、抱き締められた腕は熱くて、唇が触れそうなほど近くに……と、そこまで思い出して、レフィーナの頬《ほお》がかぁっと熱くなった。

「まぁ……！」

　レフィーナが頬《ほお》を両手で押さえれば、ドロシーは口に手を当てて目を丸くした。

「あ、いえ……その……」

「ふふっ。お二人だけが知っていればいいことでしたね。変なことを聞いてごめんなさい」

　何かに気づいたのか微笑みを浮かべて謝る。

　そんなドロシーにレフィーナは恥ずかしくなって、視線をさ迷わせた。

　なんと言おうかと悩んでいたらノックの音がして、慌てて扉に向かう。扉を開けると、二人の侍女が立っていた。

「レフィーナ、シーツをもらいに来たよ」

「……す、少し待っていただけますか？」

「あらあら。初仕事で緊張してる？　いいわよ、待っててあげるわ」

寝室のシーツは洗濯の担当者が集めてくれる。すっかり忘れていたレフィーナは、急いで寝室からシーツを取ってくると、扉の外で待っていてくれた侍女に渡して、新しいシーツを受け取った。

もう一人の侍女には朝食に使ったワゴンを預けると、彼女たちはおしゃべりしながら去っていく。

ふぅ、と小さく息を吐いたレフィーナはドロシーに話しかける。

「そういえば、今日のご予定は？」

「午前中は読書をします。お昼はレオン殿下やガレン陛下とお食事をして、その後は新婚旅行の打ち合わせをするそうです」

「かしこまりました」

さっそくドロシーと共に書斎へ行き、本を本棚から数冊抜き取ってドロシーに渡す。

ドロシーが読書を始めたらレフィーナは寝室でベッドメイキングをしたり、掃除をしたりと侍女の仕事をしたのだった。

◇

「おぉ～、ドロシー。よく来たね」

お昼時になり指定された部屋にドロシーと共に入室すれば、先に来ていたガレンが相《そう》好《ごう》を崩して出迎えた。

ガレンとレナシリアの間にはレオンしか子がおらず、義理の娘となったドロシーが可愛くて仕方ないらしい。

「ガレン陛下、お招きいただきありがとうございます」

「はっはっ、お義父《とう》様と呼んでくれと言っているではないか」

ミリーのことで話し合ったときの威厳はまったくない。

ドロシーがちょっと困ったような表情をしていれば、すぐにレオンがやってきた。

そして、ガレンとドロシーを見比べてため息をつく。

「父上、ドロシーを困らせないでください」

「こ、困らせてないぞ！」

「そうですか」

ちょっと冷たい息子の視線に、ガレンは眉尻を下げて悲しそうな表情を浮かべた。

その直後にパンッと手を叩く音が響いて、全員がそちらに視線を移す。すでに席に着いていたレナシリアが手を叩いた音だった。

「食事の時間です。そんなところで話をしていないで、席に着きなさい」

レオンよりも冷たい視線に、皆が一斉に席に着いた。レフィーナはドロシーの後ろに控える。

王族とはいえ家族だけの食事なので、わりと和《なご》やかな雰囲気で進み、食後の紅茶が運ばれてきた辺りでガレンが口を開いた。

「さて、お前たちの新婚旅行について話をするか」

ガレンは穏やかな口調でそう言うと、一度紅茶で口を潤《うるお》してから話を続ける。

「まぁ、行き先のプリローダとは長らく友好的な関係で治安もいい。話と言っても連れていく者たちの選出と滞在先の選定ぐらいだな」

「プリローダの国王陛下へ挨拶《あいさつ》をした後は、あなたたちの好きなように過ごしなさい」

王族の新婚旅行ともなれば、もっと色々な制約があるかと思ったが、意外と自由に決められるらしい。

レナシリアの言葉を聞いたレオンとドロシーが顔を見合わせた。

「ドロシーはどこか行きたい場所はあるかな？」

「そうですね……ロト湖には行ってみたいです。そこでレオン殿下と手を繋いで……」

レオンとのデートを想像しているのか、可愛らしく頬《ほお》を染めながらドロシーが提案する。

ロト湖は王都のすぐ近くにあるので移動は楽だろう。

レフィーナも美しいと聞くロト湖に行けるのは嬉しい。

「それなら湖畔《こはん》にある宿に滞在してはどうかしら？　あの宿は私たちも行ったことがありますが、貴族向けなだけあって警備もしっかりしていましたし……」

「おぉ、それはいい。どうだ、ドロシー。湖畔《こはん》に咲く花も綺麗で、窓からは美しいロト湖が見えるいい宿だぞ」

「父上……」

「陛下……」

身を乗り出しながら勧《すす》めるガレンに、レオンとレナシリアが呆れた視線を向けている。

孫ができたら溺愛《できあい》するんだろうな、とレフィーナはちょっと関係ないことを考えていた。

「レオン殿下、そんなに素敵な宿なら、ぜひそこに滞在しましょう？」

「……ドロシーがいいなら、そうしようか」

「では、そのようにプリローダの方には伝えておきましょう」

「後は、どれくらいお付きの者を連れていくかだな」

「あまり大勢で行っても目立つので、適度な人数にした方がよいでしょう」

そこでレオンが口を開く。

「なら、私の従者は必要最低限の人数にします。ドロシーの方はレフィーナと……侯爵家から連れてきた侍女がいれば大丈夫かな？」

「はい！　二人がいてくだされば、大丈夫です！」

笑みを浮かべてぱっと振り返ったドロシーに、レフィーナも微笑み返した。

レオンの言う侯爵家の侍女とは、元々ドロシーに付いていた侍女のことだ。侯爵家から王城へ引っ越してくる関係で、今日は休んでいる。

「では、後は護衛をどうするかですね。そちらはヴォルフに一任しましょう」

レナシリアの言葉にドロシーが反応した。

「まぁ、ではヴォルフ様にも護衛として来ていただけるのですか？」

「ええ、そのつもりです」

ヴォルフも一緒と聞いて、レフィーナはちょっと落ち着かない気分になる。ドロシーは彼女の気持ちを知っているからか、優しい笑みを浮かべていた。レフィーナとヴォルフが共に過ごす時間が増えるのが嬉しいようだ。

「プリローダの王都までは馬車で五日ほどかかります。道中の宿も選んでおかなければなりませんね」

「む、そうだな」

「それと、ちょうどいいのでこの場で話しておきましょう。トランザッシュ公爵とミリーのことです」

新婚旅行の話に一区切りついたところで、レナシリアがそう切り出した。

ミリーはあの店に現れて以来、目立った動きはしていない。結婚式も終わり、ドロシーが正式に王太子妃になったので、もう彼女にはどうすることもできないように思えるが……

「残念ながら、公爵はより慎重になっているようで、相変わらず尻尾《しっぽ》が掴《つか》めていません。ミリーも息を潜《ひそ》めているようですが……あなたたちの新婚旅行に乗じて何か仕掛けてくるかもしれません」

「だ、だが……もうレオンはドロシーと結婚したんだぞ……。さすがに……」

「甘いです、陛下」

レナシリアがガレンの言葉を冷たく遮《さえぎ》った。そして全員の顔を見回し、小さくため息をつく。

「城にいるときよりも外にいるときの方が手を出しやすいのはたしかです。これまで何もしてこなかったからこそ、注意はしておくべきでしょう」

「母上、裏稼業《うらかぎょう》の者については何か分かったのですか？」

「ええ。厄介な者たちでした。よりにもよって、〝名のない者たち〟です」

「〝名のない者たち〟？」

ドロシーが不思議そうに問い返した。レフィーナも聞いたことがないが、レオンは分かったようで難しい表情を浮かべている。

「ごく少人数の組織であるということと、組織名がないことしか分からないのです。組織名がないので〝名のない者たち〟と呼んでいます」

「だが、かなりの実力者たちのようでな、捕まえることができんのだ。あのヴォルフからも逃げ切っているしな。数ある裏稼業《うらかぎょう》の組織の中でも、とりわけ謎が多い」

「そんな者たちとミリー嬢が繋がっているのですか？」

「ええ。諜報員《ちょうほういん》によればその可能性が高いようです」

それだけ実力があるのにあのとき尾行《びこう》に気づけたのは、もしかしたら神が何か手助けしてくれたのかもしれない。

厄介な令嬢に厄介な裏稼業《うらかぎょう》組織。面倒くさそうな組み合わせに、レフィーナは小さくため息をついた。

ドロシーはきょとんとしているが、それ以外は忌々《いまいま》しそうに顔を歪《ゆが》めているか、レフィーナと同じようにため息をついている。

「レフィーナ、あなたはミリーから嫌がらせを受けていたそうですね。彼女はまだ諦《あきら》めていないと思いますか？」

不意にレナシリアから聞かれて、レフィーナは前に接触してきたときのミリーを思い浮かべる。

……レオンが結婚したからといって諦《あきら》めるような性格ではないだろう。むしろ、結婚したからこそ、より過激な方法でドロシーを蹴落《けお》とそうとする気がする。

「……その可能性が高いと思います。レオン殿下のことは諦《あきら》めたとしても、ドロシー様を逆恨みして報復しようとするかもしれません」

ヴォルフや自分にも報復する気満々だったので、とレフィーナは小さく付け加えた。

「やはり、警戒は必要そうですね」

「レオン、ちゃんとドロシーを守るのだぞ」

「言われなくても分かっています」

「……暗い話はここまでにしましょう。せっかくの新婚旅行が台無しですからね」

レナシリアがそう言って話を切り上げる。ガレンもそれに賛同するように「うむ」と頷《うなず》いていた。

「レフィーナ。あなたも充分に注意なさい」

「はい」

レナシリアが立ち上がりながら告げた言葉に、レフィーナはしっかりと返事をする。

早くミリーやトランザッシュ公爵が捕まるなりなんなりしてくれればいいのだが、と思いつつ退室するドロシーのために扉を開けた。

そして、彼女に続いて部屋を出ようとしたところで、レオンに呼び止められる。

「レフィーナ」

「どうかされましたか？」

「……公爵令嬢時代にミリーから嫌がらせを受けていたの？」

「え？　……ええ、まぁ……」

「……婚約者だったのに……全然知らなかった……」

どことなく落ち込んだ様子のレオンに、レフィーナは困って眉尻を下げる。わざと目の前で悪役令嬢を演じていたレフィーナとは違い、ミリーはレオンにばれないように行動していたので気づかなくても仕方ないだろう。

少し前にそのことを知ったヴォルフも、気を遣って彼には報告しなかったようだ。

「ミリー様の嫌がらせなら、全部回避《かいひ》しましたので、別に実害は出ませんでした。レオン殿下が気にされることではありません」

「……君がドロシーをいじめていたから……ミリーはドロシーには嫌がらせをしなかったんだね」

レオンの言う通りだ。レオンとドロシーの仲が深まっていることにミリーや他の令嬢も気づいていたが、手を出さなかったのはレフィーナがドロシーに暴言《ぼうげん》を吐いていたからだ。

おそらく、正式な婚約者であるレフィーナが自滅するのと、ドロシーが暴言《ぼうげん》に耐えかね社交界に姿を見せなくなるのを待っていたのだろう。

「私が社交界にいたときはそうだったのかもしれませんが……これからは違います」

「そうだね……。これからドロシーには令嬢たちの嫌がらせが集中するかもしれない……」

「王太子妃になったドロシー様に大々的な嫌がらせはさすがにないと思いますが、小さな嫌がらせはきっとあるでしょう。……ドロシー様のこと、守って差し上げてください」

レフィーナは自分がどういう立場であるかということと、令嬢たちが裏で嫌がらせをするということをちゃんと理解していた。だからこそ、嫌がらせされても冷静に対処して回避《かいひ》できたのだ。

自分も可能な限りはドロシーを守ってあげたいと思うが、やはり大きな力となり支えとなるのはレオンだろう。

「……ああ。ちゃんと、守るよ。引き止めて悪かったね」

「いえ。それでは失礼いたします」

「レフィーナ。……ありがとう」

頭を下げてその場を去ろうとすれば、レオンが微笑みながらそう言った。

そんな彼に戸惑いつつも、もう一度軽く頭を下げて部屋を後にする。ドロシーは護衛の騎士と話をしながら待っていた。

「お待たせして申し訳ありません、ドロシー様」

「大丈夫ですよ」

レオンと何を話していたのか聞くこともなく、ドロシーは微笑みながら首を横に振った。

しかし、一応は話しておいた方がいいだろうと、レフィーナは廊下を歩きながら口を開いた。

「ドロシー様、先ほどレオン殿下と話していたことですが……」

「レフィーナ様が社交界にいたときに嫌がらせをされていたことについてでしょう？」

「えっ……？　は、はい、そうですが……どうして分かったのですか？」

「ふふっ、その話がレナシリア殿下の口から出たときに、レオン殿下、一瞬難しい顔をしていましたから」

　レフィーナはレナシリアと話していたため、レオンの表情の変化に気づかなかった。だがドロシーは彼の表情から考えていることを読み取ったらしい。

　だから、レオンとレフィーナの話に立ち入るようなことはせず、大人しく部屋の外で待っていたようだ。

「もう終わったことですし、実害もなかったので気にしないでください、とお伝えしました」

「そうですか……」

　レフィーナに実害がなかったと聞いて、ドロシーもほっとしたような表情を浮かべた。

「ドロシー様。これから社交界ではドロシー様への嫌がらせが始まるかもしれませんが、そのときはレオン殿下に守ってもらってくださいね」

「……はい。でも、私も嫌がらせくらいでレオン殿下を人に譲《ゆず》ったりいたしませんわ。だって、レオン殿下のこと、大好きですから」

「ドロシー様……」

「わ、私ったら恥ずかしいことを……」

頬《ほお》を染めて恥ずかしがる姿が可愛らしくて、レフィーナは思わず口元を緩《ゆる》めた。

嫌がらせにも負けない、と言い切るほどレオンを想うドロシーのことが、少し羨《うらや》ましくもなる。

いつか、自分も誰かを愛して、その人の隣を誰にも譲《ゆず》りたくない、なんて思うのだろうか。その誰か、というのはヴォルフになるのだろうか……

そんなことをぼんやり考えながら、レフィーナは可愛らしいドロシーの姿を見つめていた。

◇

翌日から元々ドロシーの侍女だったアンが、レフィーナと共に働き始めた。

最初はギクシャクしていたものの、ドロシーが間に立ってくれたおかげで、日が進むにつれて仲よくなれた。

そうして新婚旅行に向けての準備で忙しく過ごす中、レフィーナは久しぶりに丸一日の休みをもらえることになったのだが……

「……最悪だわ……」

レフィーナはベッドに横になったまま、天井を憎らしげに睨《にら》みつけた。

今の気分を呟《つぶや》いてみたが、その声は掠《かす》れているし、喉《のど》はヒリついている。おまけに体は怠《だる》くて、頭はガンガンと痛みを訴えてきていた。

「……けほっ」

とうとう咳《せき》まで出てきたか、とレフィーナは天井を睨《にら》んでいた目を閉じた。

せっかくの休日に風邪を引くとはついていない。

ドロシーの専属侍女となったことで、王族の居住区にほど近い場所に一人用の部屋を与えられている。助けを求めようにも、この区画に住む使用人の多くは仕事に出ているだろう。

さらに、風邪を引いたのが休日というのが問題だ。レフィーナが部屋から出てこなくても誰も気にしない。

「……はぁー」

まずは食堂で軽くご飯を食べて、医務室で薬をもらって飲んで、とガンガンと痛む頭で予定を組み立てる。それから、なんとかベッドから這《は》い出て身支度を整えた。

部屋を出て壁に手をつきながら、よろよろと少し歩いてみたが、やはり人はいない。

「……もう、駄目かも……」

壁に手をついたままレフィーナはズルズルとその場に座り込んだ。無理に動いて熱が上がったのか、頭はぼーっとしている。

壁にぴとっと貼り付くと、ひんやりとしていて気持ちいい。

「レフィーナ……!?」

うつらうつらとしていれば、自分を呼ぶ声が聞こえた。なんとか顔を上げたものの、ぼんやりとする頭ではその声の主が認識できない。

駆け寄ってきた人物が何か言いながら、レフィーナを抱き上げる。

ゆらゆらと揺れる体はまるで母親にあやされているかのようで、レフィーナはゆっくりと意識を手放した。

◇

「……ん……？」

ひんやりとしたものが頬《ほお》を撫《な》でて、レフィーナはゆっくりと目を開けた。

何をしていたのだっけと記憶を探りながら天井を見ていれば、にゅっと視界に人の顔が入り込んできてびくりとする。

レフィーナの顔を覗《のぞ》き込んだ人物は金色の瞳を細めて、苦笑いを浮かべた。

「ヴォ……ルフ……さ……？」

自分でもびっくりするぐらい声が掠《かす》れている。

「喉《のど》が渇《かわ》いてるだろ。水を飲め」

ベッドの横に置かれた椅子に座っていたヴォルフが、レフィーナの上半身をゆっくりと起こし、水の入ったコップを渡してくれた。

近すぎる距離と、コップを持つ自分の手を支えるように包み込んだ大きな手にドキリとしながら、レフィーナは水を飲む。

体が怠《だる》くてコップを持つのも覚束《おぼつか》ないのでありがたかったが、やはり少し恥ずかしい。

相変わらずヒリつく喉《のど》に顔をしかめつつ、レフィーナは辺りを見回す。

どうやら自分の部屋にいるらしい。

「勝手に部屋に入って悪いな。今、医務室がいっぱいで空いてなかったからここに運んだんだ」

「？」

「覚えてないか。廊下で座り込んでいただろう？」

そういえば、なんとか部屋を出たことまでは覚えている。廊下の壁が冷たくて心地よく、体を預けていたら、誰かに名前を呼ばれて……

その名前を呼んだのがヴォルフだったようだ。

「看病するのが俺で悪いな。侍女たちに頼んだんだが、忙しいからって逆に頼まれて……」

「いえ……ありがとうございます」

「薬と食べやすいものを持ってきたから」

見ればベッドサイドの小さなテーブルの上に、薬の入った小さな紙袋と湯気の立つスープが置いてある。

ヴォルフは皿を手に取ると、スープをスプーンで掬《すく》って、ふーふーと息を吹きかけた。

それを見たレフィーナはかちん、と固まる。スープをこぼさないよう慎重に冷ます姿はちょっと可愛いと思うが、この後の展開を考えると落ち着かない気持ちになる。

「ん」

案の定、すっと口の前にスプーンが差し出される。

正直、あーんなんて恥ずかしすぎて嫌だ。だが、看病してもらっている手前、断りづらい。覚悟を決めて大人しくスープを飲んで、ちらりとヴォルフを見れば、その頬《ほお》が少し赤くなっていた。

視線が合うと、ぎこちなく目を逸《そ》らされる。

「……ほら」

また同じように冷ましたスープを、先ほどよりぶっきらぼうに差し出される。どうやらさっきは何も考えていなかったようだが、レフィーナと目が合って自分のしていることに気づき、恥ずかしくなったらしい。

それでも、ヴォルフはスープを飲み切るまでそうして飲ませてくれた。

薬も飲み終わってベッドに横になった頃には、二人共顔を赤く染めていた。

気恥ずかしい空気に耐えられなくなったレフィーナは、ヴォルフに背を向けるようにゴロリと寝返りを打つ。

「……辛いのか？　……大丈夫か？」

「だ、大丈夫です」

心配そうな声にレフィーナは小さい声で返す。ズキッと痛んだ頭に思わず呻《うめ》くと、ヴォルフの手がためらいがちに頭に置かれた。

何も言わずじっとしていれば、その手が優しくレフィーナの亜麻色《あまいろ》の髪を撫《な》で始める。

「……ヴォルフ様は、どうして廊下にいたんですか？」

頭を撫《な》でる手の心地よさに眠気を誘われながら、レフィーナは気になったことを問いかけた。

「今日は休みだし、お前も休みだと聞いたから、一緒に出かけないかと聞きに来たんだ」

「あぁ……そうだったんですね……。デートの……お誘いでしたか……」

熱と眠気のせいで考えていることがするりと口から出てしまうが、ぼうっとしているレフィーナは気づいていない。

ヴォルフはレフィーナの口から出たデートという言葉に、撫《な》でる手をぴたりと止めた。

「……ヴォルフ様……？」

レフィーナは催促《さいそく》するように呼んだ。するとヴォルフが撫《な》でるのを再開する。

「……そうだ。デートに誘いに来たんだ」

「……ん……」

「……寝てるのか……？」

「……まだ……寝て、な……」

すぐにでも眠ってしまいそうだが、レフィーナは頑張って返事をする。

今までこうして誰かに甘えることも、もったいなくて眠りたくないと思うこともなかった。

ヴォルフの近くはそれほど安心する。彼の方へころんと寝返りを打つと、頭を撫《な》でてくれる大きな手にすり寄った。

「………っ。レフィーナ……」

目を閉じているレフィーナの耳に、ヴォルフの戸惑うような声がぼんやりと届く。

熱のせいか、眠気のせいか、レフィーナは彼を好きだとか付き合うだとか、そういったややこしいことを全部忘れていた。

「ヴォルフ様……手を……繋いで、くだ……さい……」

顔の横に置いていた手が大きな手に包まれる。それに満足したレフィーナは無意識に口元を緩《ゆる》めて、嬉しそうに笑う。

それを見たヴォルフも口元を綻《ほころ》ばせて、優しい笑みを浮かべた。

「レフィーナ……好きだ。俺は……お前のことが好きだ」

囁《ささや》くような声で、ヴォルフが告げる。

レフィーナは強い眠気に抗《あらが》ってなんとか目を開けると、彼の方に視線を向けた。

井戸で酔っていたときと同じ、甘さを含んだ金色の瞳がすっと細められる。

「レフィーナ。俺は友人にはなりたくない。……恋人になりたいんだ」

あのときと同じ言葉と愛《いと》しさを感じる声に、レフィーナは緋色《ひいろ》の瞳を揺らす。

レフィーナの迷いを読み取ったのか、ヴォルフは苦笑いを浮かべると、もう片方の手で彼女の頬《ほお》を撫《な》でた。

「俺が嫌いか？」

「……いいえ……」

「こうして触られるのは、嫌か？」

「嫌じゃ、ないです……」

「……俺の恋人になってくれないか？」

その問いにレフィーナは困って眉尻を下げた。

さっきまでは素直に甘えられていたし、ヴォルフのいいところも沢山知っている。でも、こうして最後にためらってしまうのは、レフィーナが恋というものを知らないからだ。知らないからこそ戸惑うし、何かが変わってしまうような気がして怖くなる。

いた。

「そう、か」

少し沈んだ声にはっとしてヴォルフを見れば、どこか傷ついたような顔で微笑んで

ズキリとレフィーナの胸が痛む。

初めてヴォルフの気持ちを知ってから考える時間は充分にあった。だがドロシーは彼のことをゆっくり知ればいいと言ってくれたし、侍女の仕事が忙しくて日々が過ぎるのも早かった。

いや、それを言い訳に結論を今まで先延ばしにしていたのだ。ヴォルフが真面目なことも、優しいことも、自分を大切にしてくれていることも、もう充分に知っているのに。

曖昧《あいまい》なままにして、彼を傷つけてしまった。

「風邪を引いてるときに、変なことを言って悪かったな」

「ヴォ……」

「忘れてくれ」

ヴォルフは握っていた手をするりと放すと、レフィーナの頭を軽くポンポンと叩いた。

それから、タオルを水で冷やし、レフィーナの額《ひたい》に乗せた。

冷たいタオルが意識をよりクリアにしてくれる。

このままでは、いけない。そう強く感じてレフィーナはきゅっとヴォルフの袖《そで》を掴《つか》んだ。

「レフィーナ？」

「私、は……怖くて……」

「怖い？」

ヴォルフは茶化すことなく真剣に耳を傾ける。レフィーナは迷いながらも、心の内を話すことにした。

「誰かを好きになったことがなくて……。雪乃のときも今も……。その、どうしていいか分からないし、恋をして自分が変わるのが怖くて……。ヴォルフ様は優しいし、雪乃のことを覚えていてくれるって言ってもらえて嬉しかったです。さ、最近はドキドキすることも多いんですが……その、どうしても……最後の一歩が踏み出せなくて……」

レフィーナが必死に伝えれば、ヴォルフが顔を赤くした。

何か迷うような素振りを見せていたが、やがて口を開く。

「……俺だって同じだ。最初は戸惑ったし、怖かった」

「ヴォルフ様も……？」

「……俺は……母親のこともあって女を好きになることなんてないと思っていたんだ。母親には散々《さんざん》、醜《みにく》い部分を見せられてきたからな。……もちろん、女が皆そうだとは思っていないが……今まで誰にも恋愛感情なんて抱かなかったし、お前のことも初めは嫌いだった」

レナシリアやザックから聞いたヴォルフの過去を思い出す。母親から暴言《ぼうげん》や暴力を受けて、最後には男として言い寄られ、声が出なくなるほど追い詰められた……辛い過去。

乗り越えた、とは言っても心の奥にはそれがこびりついているのだろう。

だからこそ、母親の醜《みにく》さを思い出させる令嬢時代のレフィーナが、ヴォルフは嫌いだったのだ。

「でも、城に来てからのお前を知れば知るほど……俺の知っていた社交界の毒花《どくばな》とはかけ離れていった。それに悩んでいれば、あれは偽《いつわ》りだっただなんて言われるし……」

「ご、ごめんなさい……」

「もうその頃にはお前のことが気になっていたんだ。だけど、そんな感情に戸惑った。

それに、お前に惹《ひ》かれて好きになるのも怖かった」

その戸惑いと怖さは……きっと、今のレフィーナ以上に感じたはずだ。

どうやっても拭《ぬぐ》えない、消えない過去がある。

そしてそれは、レフィーナが知らないところでずっとヴォルフを縛りつけ、傷つけてきたものだ。

だからこそ、ヴォルフがレフィーナに抱いた感情は彼を大いに戸惑わせたに違いない。

「……でもな……お前がミリー嬢に言い返してくれて、俺のことを知った上で気持ち悪くなんかないって言ってくれて嬉しかった。そのときに俺は……レフィーナ、お前のことがどうしようもなく好きになったんだ」

「……ヴォルフ様……」

「レフィーナ、お前が好きだ。だから友人なんて嫌だし、恋人として側《そば》にいたい。俺はもうお前以外を好きになんてなれない。レフィーナ……お前に側《そば》にいてほしい」

ヴォルフの真っ直ぐな瞳に、レフィーナの胸がきゅうっと締めつけられる。

『レフィーナ様の心がきっと答えを出してくれます』

ドロシーの言葉が頭を過《よぎ》る。答えは、とっくに出ているのだ。こうしてヴォルフの気持ちを聞いて、嬉しいと感じているのだから。

今までごちゃごちゃと考えていたことが、すっと頭の中から消えた。

「好きだ。……まだ不安や怖さがあるなら、お前が気持ちを整理できるまで、いつまでも待つ」

優しいヴォルフの言葉にレフィーナはゆっくりと首を横に振った。その拍子に額《ひたい》に乗せていたタオルが落ちる。

彼の看病のおかげか、もう眠気も怠《だる》さもない。はっきりとした意識が、ドキドキと高鳴る胸が、伝えるべきことを教えてくれている。

レフィーナは体を起こして、ヴォルフの大きな手を両手で包み込んだ。

「レフィーナ?」

「私、初めてで、分からないことが多くて。色々と考えて、勝手に怖くなって……。でも、私はヴォルフ様のことが……その、す、好き……です……」

最後の方は消え入りそうな小さな声で伝える。

自分で口に出してみれば、好きという感情が驚くくらいストンとレフィーナの中に収まった。

「わっ……!」

包み込んだ手を逆に掴《つか》まれて、ぐいっと引き寄せられる。そのまま少し痛いくらいに抱き締められて、ヴォルフの鼓動《こどう》が伝わってきた。

自分よりも速いそれに、レフィーナの頰《ほお》が熱くなる。

「レフィーナ、ありがとう。大切にする」

いつかと同じように甘く優しい声が、耳をくすぐった。レフィーナはためらいがちにヴォルフの背中に手を回して、抱き締め返す。

そして彼の逞《たくま》しい胸に甘えるように顔を擦《こす》りつけた。

「……っ。あんまり……煽《あお》るなよ」

「?」

どこか余裕のない声に顔を上げれば、彼は耳まで赤く染めていた。だがレフィーナは言葉の意味が分からず、きょとんとしてしまう。

「……っ。ほら、もう寝ろ!」

ぐいっと体を離されて、再びベッドに寝かされた。そして、先ほど落ちてしまったタオルを水で冷やし直したものを額《ひたい》に押しつけられる。

「ヴォルフ様?」

「風邪引いてるんだから、早く休め。……ついていてやるから」

「……はい」

また頭を撫《な》でられて、レフィーナはふわっと微笑む。人に頭を撫《な》でられるというのは思っていた以上に癖《くせ》になる心地よさだ。

そのせいで、どこかに行ってしまっていたはずの眠気がやってくる。

「……もう、放してやれそうにないな……」

そんなヴォルフの言葉を聞きながら、レフィーナはゆっくりと眠りに落ちていった。

◇

たっぷり眠ったおかげか、薬が効いているのか、次に目を覚ましたときにはあれだけガンガンしていた頭もヒリついていた喉《のど》も、もう痛くなかった。この分なら明日からの仕事も問題なさそうだ。

パチパチと瞬《まばた》きをして眠気を追いやると、レフィーナは視線をさ迷わせる。約束通りずっとついていてくれたようで、ヴォルフは椅子に座ったまま腕を組んで眠っていた。

「……まつ毛長い……」

焦げ茶色の髪と同色のまつ毛を見て、思わず呟《つぶや》く。深く眠っているのか、その声でヴォルフが起きることはなかった。

それをいいことに、整った顔立ちを遠慮なくじーっと下から観察する。

すっと筋の通った高い鼻に、きゅっと引き結ばれた薄くも厚くもない唇。肌も男性にしてはきめ細かい。

「………」

狼《おおかみ》のように鋭《するど》い金色の瞳がレフィーナを見るときだけ、甘さを含んで和《やわ》らぐ。あの瞳にはかなり弱いようで、思い出すだけで勝手に頬《ほお》が熱くなる。

窓を見ればもう空が茜色《あかねいろ》に染まり始めていた。ヴォルフの休みを潰してしまったな、とレフィーナは申し訳なくなる。

「ヴォルフ様」

「……ん……レフィーナ……？」

体を起こして、はっきりした声で呼びかけると、ヴォルフがまつ毛を震わせながら目を開けた。

「体調はどうだ……？」

「ヴォルフ様のおかげで、もうすっかりよくなりました」

「そうか、よかった」

笑みを浮かべながら、ヴォルフはレフィーナの頭を撫《な》でる。

熱があったときは頭がぼんやりとしていて、思わずねだってしまったが、今は撫《な》でられるのが少し恥ずかしい。

ちらりとヴォルフを見れば、あの甘い瞳でこちらを見ているものだから、余計に恥ずかしくなってふいと目を逸《そ》らした。

「レフィーナは可愛いな」

「……はい……!?」

急に可愛いなどと言われて、思いっきり動揺してしまう。そんなレフィーナの頬《ほお》をヴォルフの指先が撫《な》でる。

「普段は冷静でしっかりしてるから、こうして照れている姿が余計に可愛く見えるな」

「ヴォルフ様、ど、どうしたんですか……」

「別に恋人のことが可愛く見えるのは普通だろ?」

「こい……」

「恋人だよ。まさか、忘れたのか?」

からかうような口調にむっとして、顔をヴォルフがいる方とは反対側に向ける。

「ヴォルフ様じゃあるまいし、忘れていません」

「俺?」

「そうですよ」

酒に酔ってあのときレフィーナに言ったこともしたことも忘れているヴォルフには言われたくない。

だがそのことを覚えていないヴォルフは、首を傾《かし》げた。

「俺が何か忘れたのか?」

「はい。忘れてますね、綺麗さっぱり」

もちろん教えるつもりはない。動揺していた自分をからかった仕返しだ。

水を飲もうとベッドサイドに置いてあったコップに手を伸ばす。だが、その手が届く前にひょいとコップを取り上げられた。

「ヴォルフ様？」

「俺は何を忘れているんだ？」

「お水が飲みたいのでコップを渡してください」

「教えてくれたらな」

意地悪そうな表情を浮かべるヴォルフにレフィーナは眉を寄せる。

甘い雰囲気なんて、すでに霧散《むさん》していた。

正直、レフィーナにはその方がありがたかった。もしかしたら、ヴォルフの方も恥ずかしかったのかもしれない。

「自力で思い出してください」

「……じゃあ、二人きりのときは呼び捨てにして、敬語なしで話してくれ」

「はい？」

「それか素直に教えてくれるか。どっちかだな」

コップに半分ほど入った水を揺らしながら、ヴォルフがニヤリと笑う。

たしかに恋人になっても敬語で話すのはおかしいかもしれないが、ずっとそうしてきたのに急に普通に話すというのはなんだか気恥ずかしい。

「意地悪ですね。別に教えてもいいですが、知ったら恥ずかしさで身悶《みもだ》えするかもしれませんよ」

「……そんなに恥ずかしいことをしたのか、俺は……」

「さぁ？」

少し不安そうな顔をするヴォルフに、レフィーナはとぼけたように首を傾《かし》げた。

実際にあのときのことを話すとなると、自分の方が恥ずかしいのだが。そんなことは頭の片隅に追いやっておく。

「お水、ください」

病人にこれ以上意地悪する気か、と抗議の意味を込めた視線を送れば、彼は素直にコップを渡してくれた。口を潤《うるお》し一息ついてから、レフィーナは再び口を開く。

「今日は看病してくださって、ありがとうございました」

「今度は元気なときに二人で出かけよう。まぁ、その前にレオン殿下たちの新婚旅行の付き添いでしばらく一緒だけどな」

「ふふっ。そうですね」

「何事もなく終わるといいんだが」

「……本当に」

ミリーや裏稼業《うらかぎょう》の者たちが動かなければ、きっとレオンたちにとっていい新婚旅行になるはずだ。そして自分にとっても、仕事とはいえヴォルフといられるのは嬉しいし、楽しいだろう。

だが、何かが起こるような嫌な予感を、このときレフィーナは漠然《ばくぜん》と感じていたのだった。

◇

見上げた空は雲一つなく晴れ渡っていて、レオンとドロシーの新婚旅行に出発するには最適な天気だった。

城門に用意された馬車は装飾こそ控えめながらも、レオンたちが乗るのに相応《ふさわ》しく綺麗なものだ。その馬車の後ろには、従者たちが乗るシンプルな馬車も用意されている。

護衛の騎士たちは馬に乗って、馬車を取り囲むように移動することになっていた。

「ドロシー、手を」

「ありがとうございます、レオン殿下」

レオンの手を借りてドロシーが馬車に乗る。彼女が座ったらレフィーナは一度中に入り、そのドレスを整えた。

レフィーナが外に出た後、レオンが乗り込む。

新婚旅行なので、この馬車にはレオンとドロシーの二人しか乗らない。

「では、扉をお閉めいたします」

レオンの従者がそう声をかけてから、丁寧な仕草で馬車の扉を閉めた。道中は二人で語らいながら、楽しく過ごすことだろう。

レフィーナも後ろの馬車に乗ろうとそちらに向かえば、馬車の横にヴォルフが馬の手《た》綱《づな》を持って立っていた。

「ヴォルフ様！」

「レフィーナ、晴れてよかったな」

「そうですね。雨だと騎士の人たちも大変ですし……」

「あー、レフィーナちゃんは優しいなぁ……」

ヴォルフの後ろから一人の騎士がひょいっと顔を出した。たしかヴォルフの同期だ。

今回の護衛にはこの同期の騎士も含まれているらしい。

ずいっとレフィーナの前に身を乗り出した彼は、ヴォルフに襟首《えりくび》を掴《つか》まれている。

「ぐ、ぐるしい……！」

「不用意に近づくな」

「ヴォルフ様……、死んでしまいますよ……」

「げほっげほっ！　お前、容赦《ようしゃ》と余裕がなさすぎだろ！　レフィーナちゃん！　こんな奴やめといた方がいいよ！」

たった今制裁を受けたばかりだというのに、同期の騎士は懲《こ》りもせずレフィーナの手を両手で握った。

それを見たヴォルフの片眉がピクリと跳ね上がる。

ヴォルフとレフィーナが恋仲になったという情報はどこからともなく漏れて、今やすっかり皆の知るところとなっていた。

そのせいで主に独身の騎士たちが涙していたことを、レフィーナは知らない。

「アード。いい加減にしないと……」

「おぉ、怖い！　ヴォルフ、そうやって眉間《みけん》に皺《しわ》ばっか寄せてると、レフィーナちゃんに逃げられるぞー！」

アードと呼ばれた騎士はからかうように言って、素早くその場から退散した。ヴォルフは眉間《みけん》に皺《しわ》を寄せたまま、深いため息をつく。

「誰のせいだと思ってるんだ……あの野郎」

低い声でレフィーナには聞こえないようにそう呟《つぶや》いた。

「……もう出発しないとな」

「はい、そうですね」

レフィーナはもう少しヴォルフと話したかったが、それは胸の中に仕舞って自分の馬車に乗り込む。中にはすでにレオンの従者と、ドロシーのもう一人の侍女であるアンが乗っていた。

アンの隣に腰かければ、ヴォルフが馬車の扉を閉めてくれる。馬車はカラカラと音を立てながら、新婚旅行先であるプリローダに向かって走り出した。

道中は中々に快適で、窓から見える景色はすぐに移り変わって飽きないし、アンとの話も弾《はず》んだ。

休憩のときにはドロシーの世話をしたり、警備の合間に会いに来てくれたヴォルフと二人で楽しく話したりして過ごした。

そんな馬車の旅を続けて三日目の夕方。その日宿泊する宿に着き、馬車から降りたレフィーナは、空を見上げて思わず眉を寄せた。

　空には分厚《ぶあつ》い雲がかかり、今にも雨が降り出しそうだ。

　この街は夜市《よいち》が有名で、ドロシーがそれを楽しみにしていたのだが、この雲行きだと夜市《よいち》は中止になるかもしれない。

「雨が降りそうですね……ドロシー様……」

「はい……。楽しみにしていたのですが……中止なら仕方ないですね」

　宿に入ると、レオンが難しい顔で貴族の男性と話していた。やがて、話を終えたレオンがため息をつきながら、レフィーナたちのところにやってくる。ヴォルフも一緒だ。

「ごめん、ドロシー。この街の領主の家に招かれたから、少し出かけてくるよ。君は疲れただろうし部屋でゆっくりしていて」

「そうなんですか……。分かりました。どちらにしろ、夜市《よいち》は行けそうにないですし、お部屋でゆっくりしています」

「ごめんね……。ヴォルフを護衛として連れていくけど、他の騎士は残していくから。レフィーナ、アン。ドロシーを頼むよ」

「はい」

　そう返事をし、貴族の男性と共に出ていくレオンとヴォルフを見送っていると、アードがにこにこと笑みを浮かべながら近づいてきた。

曰《いわ》く、ヴォルフがいないときは彼が騎士たちをまとめるらしい。

宿の主人の案内でレフィーナたちはドロシーとレオンが泊まる部屋に向かう。三階建ての宿の最上階にある一際《ひときわ》豪華な部屋に着くと、アードともう一人の騎士が警護のために扉の両脇に立った。

◇

「雨、酷《ひど》くなってきましたね……」

ティーカップをカチャリとテーブルに戻したドロシーが窓を見て不安そうに呟《つぶや》いた。

レオンとヴォルフが出かけて少ししてから降り出したときは小雨だったが、二時間ほど経った今では、横殴りの雨が窓に叩きつけられるほど激しくなっている。

「それにしても、なぜドロシー様を連れていかれなかったのでしょうか?」

ドロシーのティーカップに紅茶を注《つ》ぎ足しながら、アンが不思議そうに言った。

棚の上に置いてあったこの街の地図を見ていたレフィーナは、アンの方に視線を向ける。

「普通なら奥様であるドロシー様もご招待されるはずですのに……」

「……雨が降りそうでしたし、ドロシー様もお疲れでしょうから、レオン殿下が気を遣われたのでしょう」

頰《ほお》に手を当てて思案するアンにそう言うと、レフィーナは窓に近寄った。

雨はやむ気配も小降りになる気配もなさそうだ。

窓に反射して映る自分を見ながら眉を寄せる。ドロシーを心配させないよう無難なことを言ったが、あのレオンが難しい顔をしていたのを考えるとそれだけではないだろう。

何かのトラブルか、はたまた国から緊急の連絡でもあったのか……。

「ところでドロシー様、レフィーナにあのことを伝えなくてよいのですか？」

ふとアンがそんなことを言った。

「あぁ！　そうでした！　レフィーナ様」

「？」

ドロシーに呼ばれたレフィーナは窓から離れてそちらに向かう。

「なんでしょうか？」

首を傾《かし》げながら問えば、ドロシーがにっこりと笑いかけてきた。

「レフィーナ様、もうすぐお誕生日でしょう？」

「はい……？」

思わぬ話にパチパチと瞬《まばた》きを繰り返し、日付を思い浮かべる。今から数日後……予定通りに進めばプリローダの王都に着いた翌日がレフィーナの誕生日だ。

今まで雪乃としての意識が強かったせいか、誕生日をなんとも思っていなかったので、すっかり忘れていた。

「あら、レフィーナ、まさか自分の誕生日を忘れていたの？」

「……ええ、すっかり……」

「まあ！　ではヴォルフ様にも教えていないのですか……？」

「……は、はい」

そういえばヴォルフの誕生日も知らない。というかよくよく考えたら知らないことだらけではないか、とレフィーナはぐるぐると考える。

好きなものとか趣味とかも知らない。

お互いにそういった基本的なことさえ話したことがなかった。

「レフィーナ様とヴォルフ様はまだお付き合いが始まったばかりですもの、これからお互いのことを知っていけばいいと思います」

「ヴォルフ様とレフィーナは同じ城で働いているとはいえ、中々お休みも合わないわよね。……ドロシー様、ここはぜひとも」

「ええ。レフィーナ様。王都に滞在している間、一日だけですがお休みにさせていただくので、ヴォルフ様と楽しんではいかがですか？」

「え？」

「私にはアンがついていてくれますし、王都にいる間は城から出ないのでヴォルフ様が護衛から外れても大丈夫ですから」

ドロシーはにこにこしながら言った。まさか休みがもらえるとは思っておらず、レフィーナは戸惑う。実はヴォルフと恋人同士になってから一度も休みが合ったことがなく、一緒に甘い時間を過ごす暇もなかった。

「せっかくの誕生日ですもの。お二人でお過ごしください」

「ドロシー様……」

「レフィーナ、ドロシー様には私がついてるから仕事のことは気にしなくていいわよ」

「で、では……お言葉に甘えて……」

レフィーナはありがたく休みをもらうことにした。

ヴォルフと恋仲になったことをドロシーには直接伝えたが、とても喜んでくれていた。それだけでなく、こうしてレフィーナとヴォルフのために色々と考えてくれているのだ。

その優しさに胸が温かくなる。

三人でほのぼのとしていれば、その雰囲気をぶち壊すようにドンッという音がして、宿が大きく揺れた。

「きゃあ!!」

「ドロシー様！」

レフィーナはすぐにドロシーに駆け寄って、素早く辺りを見回す。音も揺れも一度だけで、聞こえるのは激しさを増すばかりの雨音だけだ。

地震かとも思ったが、先ほどの何かが爆発するような音が気になる。

「ご無事ですか!?」

扉を開けてアードが部屋に駆け込んできた。その表情は硬い。

「ええ……いったい何が……」

「ドロシー様、今は時間がありません、すぐに避難を！」

「アード様、一体何事ですか？」

レフィーナが問うと、アードは眉を寄せて答える。

「それが、厨房《ちゅうぼう》辺りで爆発が起きて、火事になっているらしい。煙が充満する前に避難しないと」

その言葉にアンもドロシーもサーッと顔を青くする。レフィーナは落ち着くために深呼吸をして、冷静さを保つ。ここで慌てるのはよくない。

厨房《ちゅうぼう》は今いる場所からは遠いはずだ。慌てずに避難すれば、大丈夫なはずだ。

「ど、どうしましょう……！」

「ドロシー様、落ち着いてください。大丈夫ですから、慌てずに避難いたしましょう」

青ざめるドロシーの手を握り、落ち着いた声で話しかければ、彼女はこくこくと頷《うなず》いた。

アードを先頭に、さっそく避難を始める。

予想通り火が回るよりも早く、宿の出口まで無事に避難することができた。

雨は激しく降り続いているが、建物の中で燃える火を消してくれそうにはない。なるべく宿から離れた場所でレオンたちが来るのを待つべきだろう。

「こちらに馬車がありますから！」

アードが宿の外に出て、雨に打たれながら前方を指差す。宿から漏れる光のおかげで激しい雨の中でもぼんやりと馬車が見えた。

馬車ならば雨を凌げるし、宿から離れることもできる。それに乗ってレオンたちのいる領主の屋敷まで行けば安全だ。

だが、レフィーナはなぜだかすぐに足を踏み出せなかった。激しく降る雨のせいか、宿で突如起こった爆発のせいか、胸を掻《か》き乱されるような不安が渦巻《うずま》いている。ドロシーを支えたままその顔を見れば、先ほどよりも真っ青になっていた。

「早くしてください！」

アードが叫んだ次の瞬間、背後で再び大きな爆発音が鳴った。ぎょっとしてレフィーナたちが振り返れば、燃え盛る炎がエントランスホールまで迫っている。

炎を見たドロシーの体がガタガタと震えて、レフィーナの手を握る青白い指が、すがるようにその力を強めた。

レフィーナは彼女の視界を遮《さえぎ》るように、宿との間に体を割り込ませる。

ドロシーの中にある魂は、火に包まれて死んでいった女の魂だ。記憶がないとはいえ、炎には本能的に恐怖を感じるのかもしれない。

「大丈夫です、ドロシー様」

「レ、レフィーナ、ドロシー様……」

「レフィーナ様！　早く避難を！」

アンが雨の中に足を踏み出す。レフィーナも、ドロシーを支えながら宿の外に飛び出した。

激しく降る雨は一瞬にして彼女たちを濡らし、ドレスや侍女服は水を吸って重くなる。

それでもどうにか馬車の近くまで行くと、先ほどの不安がより一層胸の中で暴れて、レフィーナは気分が悪くなりそうだった。

「さぁ、早くお乗りください！」

アードの声が響く。

何かがおかしい。そう感じるせいで余計に不安が渦巻《うずま》く。ドロシーも同じように不安がっているのが、その震えから伝わる。

だがアンを見れば、そんなものは感じていないのか、ただちらちらと宿の方に視線を投げていた。アードは馬車の前で手招きしている。

「ドロシー様！　お早く！」

動かないドロシーたちにアンが焦《じ》れた声で言った。それに突き動かされるように足を出そうとしたドロシーを、レフィーナはそっと止めた。

「レフィーナ様……？」

ドロシーが怪訝《けげん》な顔で振り返る。

「何してんの、レフィーナちゃん！　早く逃げないと！」

「そうですよ！　早く逃げないと！　レフィーナ、ドロシー様を……」

アードとアンが非難するように叫ぶが、そこでレフィーナは不安の原因にようやく気づいた。

なぜ、アード以外の騎士がいない？

それだけではない。あんなに大きな爆発があったのに、逃げる客も従業員もいない。爆発があってすぐにアードは部屋に来た。なのにどうして厨房《ちゅうぼう》で爆発があって、火事が起こったなんて分かるのだろうか。さらに、まるでこうなることを予想していたかのように馬車が用意されている。

「……アード様、これからレオン殿下のいるお屋敷に向かうんですよね？」

「そうだよ！　ほら、すぐに出発できるようになってるから！　早く！」

馬が向く方を指差しながらアードが叫ぶ。

それが決定打だった。指差した方には領主の屋敷などない。先ほど見て記憶している地図を思い浮かべて、レフィーナは顔を強張《こわば》らせた。

彼はヴォルフの同期で、長年城に仕える騎士だ。信用したい気持ちもある。だが、レフィーナの中で一つに繋がった疑惑が、それを否定していた。

レフィーナの表情から何かを察したのか、アードの瞳が鋭《するど》くなる。

「やだなぁ。レフィーナちゃん。気づいちゃったの？」

「っ！」

レフィーナはすぐにその場から離れようとドロシーの手を引くが、素早く距離を詰めたアードがドロシーの腕を掴《つか》んだ。

アンは何がなんだか分からず、アードの背後で戸惑っている。

「おーい！　予定が変わった！　手伝ってくれ！」

アードが馬車に向かって叫ぶと扉が開き、男が出てきた。そのことに驚いたアンが馬車から距離を取る。

出てきた男は体格がよく、額《ひたい》の左側から右頬《みぎほお》にかけて大きな傷が斜めに走っていた。歳は三十過ぎぐらいだろうか。

その男はニヤリと口を歪《ゆが》ませる。

「なんだぁ、アード。おめぇらしくもねぇ。失敗しやがって」

「そう言うなよベルグ、レフィーナちゃんが中々勘が鋭《するど》くてさぁー」

「名前じゃなくて、お頭って呼べって言ってるだろ」

親しげな二人の様子を見れば、もう疑惑を払拭《ふっしょく》する余地はない。アードとベルグは仲間で、おそらくレナシリアたちの話に出てきた組織のメンバーだ。

ふっとドロシーが気を失い、アードがそれを両手で支える。すぐ側《そば》にいるのに非力なレフィーナにはただ睨《にら》みつけることしかできない。

だが、そんな中でもすぐに思考をまとめ、声を張り上げた。

「アンさん！　逃げて！」

「えっ……？」

「逃げてレオン殿下たちに知らせてください!!」

「おっと、逃がすかよ」

そう言ってベルグがアンに視線を移した隙《すき》に、レフィーナはアードの腰にあった剣を素早く抜き取る。ドロシーを両手で支えていたアードはそれを止めることもできず、驚いたようにこちらを見ていた。

レフィーナが剣を奪い取ったことで、ベルグは一瞬動きを止める。アンを捕まえようとすれば、レフィーナに背を向けることになるからだ。

「早くっ！」

「っ、分かったわ！」

アンは返事をすると弾《はじ》かれたように走っていった。

「おいおい、あんたが俺たちと戦う気か？」

小馬鹿にしたようにベルグが言う。だが、その目は油断なく光っていた。

レフィーナはずしりと重い剣を両手で構えながら、ふっと笑ってみせる。ここで弱気な態度を見せれば、ベルグはすぐさまアンを捕らえに行くだろう。

自分にはドロシーを助けることも、見捨てて逃げることもできない。ならば、最善策はアンに助けを呼んでもらうことだ。そのために足止めをしなければならない。

それに、ベルグたちがミリーと繋がっているなら狙いはドロシーと……レフィーナだろう。

「おい、アード。おめぇはその女を馬車に運びな」

「了解っと」

アードはドロシーをひょいと抱き上げて馬車に向かう。それを止められないのが悔しくて、レフィーナはそっと下唇を噛む。

そんなレフィーナをベルグは楽しげな表情で観察していた。

「どうした？　来ないのか？」

「………」

「まぁ、腕が震えてるしな。女にその剣は重いだろう？」

悔しいがベルグの言う通りだ。剣は重いし、雨に濡れた服も重い。

他の騎士が来てくれないかと少し期待したが、誰一人来ない。おそらくアードによってなんらかの工作がされているのだろう。

「レフィーナだっけか？　あんたも連れてこいってうるさく言われてるからな、さっさと捕まってもらおうか。あの逃げた方も捕まえたいんでな」

レフィーナは思考を巡らせる。まだ時間を稼ぎたい。

ちらりと馬車に視線を移せば、アードがドロシーと共に乗り込んだところだった。

叫び声を上げても、この雨では聞こえない。

レフィーナはふっと短く息を吐くと、素早く馬車に駆け寄った。楽しげな様子のベルグは彼女がこれからしようとしていることにはまだ気づいていないようだ。

「おいおい、何を考えて……」

「……取引をいたしましょう」

そう言って、馬車に繋がれている馬にすっと剣先を向ける。

これはさすがに予想していなかったのか、ベルグがぎょっとした表情を浮かべた。

それもそうだろう。レフィーナは王太子妃の専属侍女であり、元公爵令嬢だ。そんな女性がまさか馬車の馬を狙うなんて誰も思わないはずだ。

もちろん、馬を傷つける気などない。そんなことをしたら馬が暴れ、近くにいるレフィーナも無事では済まないだろう。

「おいおい、まじかよ。あんた」

ベルグが面白いものを見るような目でレフィーナを見る。

この男と駆け引きをしなければならない。恐怖心を抑《おさ》えつけて、レフィーナはベルグを睨《にら》みつけた。

「馬を傷つければ、あんたも馬車の中の女も無事では済まないぞ？」

「ええ。でもあなたたちも無事では済まないはずよ」

「まぁな。だけど、それをして何になるんだ？」

「……あなたたちの足止めにはなるでしょう？　それに、私はともかくドロシー様は怪我をしないという自信があるんです」

ドロシーは神にいくつかの祝福を与えられている。その一つに並外れた運があったはずだ。

たしか雪乃として初めて会ったときにアレルがそう言っていた。

「馬が暴れて馬車が使えなくなれば、あなたたちは私たちを運ぶことができない。宿の火事で野次馬《やじうま》も集まってくるはず。そうなれば、目撃者も出るでしょう。……あなたたちはそうなる前に、速やかにここから去りたいのでは？」

「ふーん。まぁ、その通りだな。で？　取引ってのは？」

いつの間にか雨が小降りになってきていた。

ベルグは愉快そうにレフィーナを観察しているだけで、今のところアンを連れ戻しに行こうとする気配はない。だが、濡れて重たい服で走る女性に追いつくなど、彼には簡単なことだろう。

そして、それはレフィーナが逃げても同じことだ。

「……大人しくあなたたちについていきますから、アンさんを見逃してください」

「……へぇ」

アンを見逃せば、このことはレオンたちに間違いなく伝わる。アードたちが嘘の情報を流したり攪乱《かくらん》しようとしても、長年ドロシーに仕えるアンの話をレオンは信じるはずだ。

ベルグがすぐに斬りかかってこないことを考えても、彼らの目的は殺すことではないはず。少なくとも、この場では。

レフィーナにできるのはアンの口から正確な情報がレオンたちに伝わるようにすることだけだ。もちろん、いざとなればこの場で馬を斬りつける覚悟もある。あるいは、騎士たちの動きを真似て、ベルグに斬りかかってみるか。

とにかく、このまま何もできずに連れ去られるのだけは嫌だった。

それはおそらくベルグにも伝わっているだろう。

「あー、分かった。あんたの取引に応じよう」

ベルグが肩を竦《すく》めながら、しぶしぶと頷《うなず》いた。

その様子にほっとしたレフィーナは小さく息を吐き出す。

するとベルグがニヤリと口端《くちは》をつり上げた。

「アードに逃げた女を追わせて、俺があんたを気絶させてもいいんだが……。度胸のある女は嫌いじゃねぇ。お前に免じて、あっちは逃がしてやるよ」

そう言うと敵意はないと見せるために手を上げて、ゆっくりと近づいてくる。レフィーナはそれを見て剣を下ろした。

ベルグが言った通り、二手に分かれられたらどうしようもない。彼の気が変わらないうちに従っておいた方がよさそうだ。

「よしよし。じゃあ、こっちに剣を渡しな」

「……」

目の前まで来たベルグにレフィーナは大人しく剣を渡した。剣を受け取ったベルグは、馬車から出てきたアードにそれを渡す。

「アード。お前が御者台《ぎょしゃだい》に乗れ」

「はいはい。……ちぇ、レフィーナちゃんの隣に座りたかったのにー」

「あ？」

「なんでもありませーん」

そんな緊張感のないやり取りをしてから、アードは御者台《ぎょしゃだい》に乗り込む。レフィーナもこれ以上の抵抗は無駄なので、大人しく馬車に乗り込んだ。

向かい合った座席の片側にはドロシーが寝かされているので、空いている方に座れば、その隣にベルグがどかっと腰を下ろす。

その直後、馬車が走り出した。

「ほらよ、これで拭《ふ》いとけ」

「…………」

ベルグが足元に置いてあった袋からタオルを取り出し、突き出してくる。

重い剣を持っていたせいで痺《しび》れた腕をさすっていたレフィーナは、無言でそれを受け取ると、すぐに立ち上がってドロシーの前にしゃがみ、彼女を拭《ふ》き始めた。

濡れた髪を拭《ふ》いて、ドレスも可能な限り水分を吸い取る。その間、後ろからベルグの視線を感じたが、一度も振り返らなかった。

「あんた、ほんとにいい女だな」

「はぁ？」

ドロシーを拭き終えた後、濡れたタオルを嫌がらせの意味も込めて馬車の中で絞っていれば、そんなことを言われた。

この状況で何を言い出すのかと、思わず呆れた顔で振り返る。

「度胸があるし、その強気な態度もいい。おまけに容姿は俺好みだ」

レフィーナの濡れた髪の先を弄《もてあそ》びながら、ベルグがニヤリと笑った。口説《くど》き文句に
ぞわりと寒気がして、レフィーナは口端《くちは》を引きつらせる。

「ははっ！　嫌そうな顔だな！　……俺もそんなに悪い面《つら》じゃないだろ？」

ベルグは片手で自身の顎《あご》を撫《な》でながらそう言うと、ずいっとレフィーナの方に身を乗り出した。

たしかに彼は傷こそあれど、ワイルド系の整った顔立ちをしている。だが、そんなことはどうでもいい。どこのどいつが、自分と主人を誘拐した男に口説《くど》かれて喜ぶというのだ。少なくともレフィーナは嬉しくない。

「顔の問題ではないですし、私には恋人がいますので」

立ち上がったレフィーナは、ベルグからできるだけ距離を開けて座ると、そっぽを向いて触られていた髪を取り戻した。そして、そのまま髪の水気をタオルで吸い取る。彼

の隣になんて座りたくないが、かといって揺れる馬車の中で立っているわけにもいかない。

「恋人ねぇ。知ってるぜ？　副騎士団長サマだろ？」

「……ええ、そうです」

「ふーん」

ヴォルフを思い浮かべると、急に心細くなってきた。こんな男の隣なんて嫌だし、これからのことを考えると恐怖もある。

寒さのせいではない震えが先ほどから止まらない。

それでも、レフィーナは平静を装《よそお》う。

「その副騎士団長サマが駆けつけてくれるのを待ってるってわけか」

「……ヴォルフ様もレオン殿下もきっと私たちを見つけて助けてくれますから」

「いいねぇ。怖くて怖くて仕方ないってのに、気丈に振る舞って。そういう仮面ってつい剥《は》がしたくなるんだよ、なぁ！」

ベルグはレフィーナの真横の壁に、ばんっと音を立てて手をついた。

囲い込まれて、完全に逃げ場がなくなり、レフィーナは顔を強張《こわば》らせる。その表情に怯《おび》えが混じったのを見て、ベルグが満足そうに口端《くちは》をつり上げた。

「なぁ、俺の女になれ」

「……恋人が、いるって言ったでしょう」

「俺は人から奪うのが好きなんだ。物も……女も、な」

顔を背《そむ》けたレフィーナの耳元でベルグが低く囁《ささや》いた。色気を含んだ声にぞっとして、レフィーナは思わずベルグの足先を靴《くつ》の踵《かかと》で踏む。

「ぐあっ⁉」

足元になど気を払っていなかったベルグは、痛みに顔を歪《ゆが》め、咄嗟《とっさ》にレフィーナから離れた。彼が履《は》いていたのが革紐《かわひも》を編み上げるタイプのサンダルだったために、つま先ががら空きだったのだ。

「いてぇなぁ……。ったく容赦《ようしゃ》ねぇ」

とりあえずベルグを撃退することができて、レフィーナは短く息を吐き出す。まったく後先を考えない行動だったが、なんだか身の危険を感じたし、我慢できなかったから仕方がない。

レフィーナから離れたベルグは踏まれた足を椅子の上に乗せ、痛みを和《やわ》らげるようにさすっていた。

「まぁ、怖がらせて悪かったな」

意外にもベルグは怒りもせず、それどころか逆に謝ってきた。

その様子にレフィーナが怪訝《けげん》な視線を向ければ、ベルグがニヤリと笑う。

「いい女ってのは、つい怖がらせたくなっちまうんだよ、俺は」

「………」

「特に内心は恐怖でいっぱいなのに、表面上はなんともないように装《よそお》う女の仮面が剥《は》がれる瞬間が、最高にいい。俺に屈《くっ》したかのようでな」

言っていることが気持ち悪いし、ベルグの趣味になど欠片も興味がない。レフィーナは返事をする気も起きず、ひたすら無言で応戦する。

「んー、無視されて、おじさん悲しい」

ベルグが冗談めかして言った。顎《あご》を撫《な》でながらニヤついている表情は、もちろん悲しそうになど見えない。どう見てもこの状況を楽しんでいる。

レフィーナは無言のまま、彼を睨《にら》みつけた。

「おぉ、怖い怖い。……まぁ、あの女よりはましだがな」

「……あの女？」

「そうそうあの女。あーんな怖い女は中々いないよなぁ」

ベルグの言葉にレフィーナは眉を寄せる。あの女、とはミリーのことだろうか。しかし、彼女を怖いとはレフィーナでも思わない。

「まぁ、その話は置いといて。やっと口を利《き》いたな。もうすぐ目的地に着くんだが……怖がらせた詫《わ》びに面白い情報をやるよ」

ミリーのことを考えていれば、ベルグがそんなことを言ってきた。詫《わ》びるくらいなら最初からするな、と心の中だけで抗議する。しかも、この男からの情報など聞きたいとも思わない。

「おいおい、聞きたくないのか？　あんたの愛《いと》しい男のことだぞ？」

「……は……？」

「だから、副騎士団長サマのことだよ」

ベルグは楽しそうにレフィーナの反応を窺《うかが》っていた。反応したくはないが、ヴォルフのこととなると気になる。結局、知りたい気持ちが勝って、レフィーナは再び口を開いた。

「ヴォルフ様の面白い情報……？」

「そうだ。教えてやるから耳貸しな」

「………」

「耳打ちするだけだ。別に何もしねぇよ」

「この空間で耳打ちをする必要性を感じません」

ドロシーは気絶しているし、アードは御者台《ぎょしゃだい》だ。別にわざわざ耳打ちをする必要はないだろう。

「情報を渡すときってのは、どんなときでも注意するべきだ。もし、そこの女が起きていて、言いふらしたらどうする？」

「……ドロシー様はそんなことなさいません」

「こっちはドロシーサマに会うのは初めてだからな。信用できねぇ。俺はお前だから特別に教えてやろうって思ってるんだぞ」

「……お詫《わ》びではなかったのですか？」

「ははっ、そうだったっけか？　まぁ、聞きたいなら素直に耳を貸すんだな」

意地悪そうな表情を浮かべるベルグに対して、レフィーナは嫌そうな顔をした。

話しているうちに、彼への恐怖心は薄まってきている。つま先を踏んでも殴りかかってきたり、拘束《こうそく》したりしなかったからかもしれない。

恐怖心は薄まったが、代わりに警戒心が強まっている。しかし、裏稼業《うらかぎょう》のベルグが握っているというヴォルフの情報は気になった。

「聞いといた方がいいかもしれねぇし、聞かなくても問題ないかもしれねぇけどな～」

「……どうして」

「あん？」

「どうして、誘拐した私にわざわざヴォルフ様の情報を教えるんですか？」

もしかしたらもう二度とヴォルフに会えないかもしれないのだ。それなのにその情報をレフィーナに渡してどうするというのだろうか。そんな疑問を素直に口に出した。

すると、ベルグはさっきまでのニヤニヤを引っ込め、しまった！　という表情を浮かべる。

「目的を果たしたら、無事にヴォルフ様のところに帰してくれるんですね？」

「……あー！　めんどくせぇ！」

苛立《いらだ》った声にレフィーナは肩をびくりと震わせる。がしがしと髪を掻《か》き乱したベルグが、ずいっと体を寄せてきた。

先ほどと似たような状況に、硬直するレフィーナ。ベルグが顔を近づけてきたので顔を背《そむ》ければ、彼は耳元でぼそぼそと囁《ささや》いた。

「え……？」

レフィーナは緋色《ひいろ》の瞳を見開いて、思わずそちらを向く。すぐに体を離したベルグは驚いた様子の彼女に、満足そうな笑みを浮かべている。

レフィーナが口を開いたのと同時に、ガタリと音を立てて馬車が止まった。

「お、着いたな」

「まだ、聞きたいことが……」

「これ以上は何もねぇよ。ほら、そこの女を起こして外に出ろ」

それだけ言うと、ベルグは扉を開けて出ていってしまう。レフィーナは彼から聞いたヴォルフに関する情報に戸惑いながらも、言われた通りにドロシーを起こすことにした。

ここまで来たら、大人しく命令に従っておいた方が身のためだ。

……先ほど思いっきり反撃してしまったことは、忘れるとしよう。

「ドロシー様」

「……う、ん……？　……レフィーナ様……？」

レフィーナが体を軽く揺すれば、案外すんなりとドロシーは目を覚ました。

「起きられますか、ドロシー様」

「は、はい……」

ゆっくりと体を起こしたドロシーは状況が掴《つか》めず、不安そうに馬車の中を見回す。レフィーナはそんな彼女を落ち着けるためにきゅっと手を握った。

「あの、これはどういう状況ですか……？」

「私たちはおそらくミリー様と関わりがある裏稼業《うらかぎょう》の者たちに捕まりました。……アンさんがレオン殿下たちに伝えてくれているはずですから、大人しく助けを待ちましょう」

「は、はい……」

落ち着いた様子のレフィーナを見て、ドロシーは青ざめながらも取り乱すことなく、ただコクリと頷《うなず》いた。それを見たレフィーナは自分が最初に馬車から降りる。

雨はもうやんでおり、ぐるりと周りを見回すと、森の中の開《ひら》けた場所にいるようだ。土の上では焚《た》き火が燃えており、思いのほか明るい。

そんな焚《た》き火の近くにベルグと、以前レフィーナの後をつけてヴォルフに追い払われた男女がいる。

アードも御者台《ぎょしゃだい》から降りて、焚《た》き火の近くに置いてあった太い丸太に、綺麗な分厚《ぶあつ》い布をせっせとかぶせていた。

「起きたか？」

「……はい」

ベルグの問いに、レフィーナは頷《うなず》く。

「じゃあ、こっち来て座りな」

「レフィーナちゃん、こっちだよー」

布をかぶせた丸太をベルグが指差し、アードも声を上げている。

レフィーナは焚《た》き火をちらりと見てから、まだ馬車の中にいるドロシーの方を振り返った。

「ドロシー様、焚《た》き火の近くに行けますか？」

「焚《た》き火、ですか……？」

「はい。火の近くは暖かいですし、濡れた服もましになるかもしれません」

タオルで水気を可能な限り吸い取ったとはいえ、まだ濡れている。焚《た》き火の近くにいれば、風邪を引かずに済むかもしれない。

ただ、ドロシーは宿の火事に異様に怯《おび》えていたので、焚《た》き火も怖がるのではないかとレフィーナは心配した。

ひとまず手を差し出し、馬車から降りてもらう。レフィーナの心配をよそに、ドロシーは焚《た》き火を見ても平気そうだった。

もしかしたら炎が怖いというよりは、建物が火に包まれていたという状況が怖かったのかもしれない。

「では、行きましょう」

「はい……」

見知らぬ者たちへの緊張と恐怖で震えるドロシーにしっかりと寄り添って、そっと丸太に座らせた。

そしてレフィーナも、その隣に腰を下ろす。

「……私たち、これからどうなるのでしょうか……」

「大丈夫ですよ、ドロシー様。私がついております」

「いいねぇ、女の友情ってのは」

「微笑ましいっすよねー」

ニヤニヤしながら見てくるベルグとアードを無視して、レフィーナは周りをもう一度見回した。

焚《た》き火から離れた場所は暗くて何も見えない。

だが、そんな闇の中で不意に炎が揺らいだ。それをじっと見ていれば、誰かがゆっくりと近づいてきているのが分かった。

「あー、ほら、あんたら。お嬢サマが来なすったぞ」

「お嬢様……？」

「……お久しぶりですね。レフィーナ様、ドロシー様」

歪《ゆが》んだ笑みを浮かべたミリーが、松明《たいまつ》を持った従者と共に現れた。ドロシーが立ち上がったのでレフィーナも立ち上がれば、ミリーが近くまで歩いてくる。

「あぁ、ここまで長かったですわ。とっても」

「ミリー様……」

「ふふっ。ドロシー様、ご結婚おめでとうございます」

まったく祝っていない声でそんなことを言うミリー。レフィーナはドロシーを守るように後ろに庇《かば》った。

「短い結婚生活は楽しかったかしら？　もう終わりですのよ？」

「……何をなさるつもりですか」

「あぁ、レフィーナ様……。分かりきったことをお聞きになるのですね？　……この世からいなくなってもらうに決まっているではありませんか」

「そんなことをしたら、あなたも処刑されますよ」

「あら、嫌ですわ。そうならないために、こうしてクズたちを雇《やと》っているのではないですか」

持っていた扇《おうぎ》でベルグたちを指しながら、ミリーは嘲笑《ちょうしょう》を浮かべる。レフィーナはぎゅっと眉を寄せて、それを睨《にら》みつけた。

ミリーはこの状況を正しく理解していない。いや、彼女の頭の軽さを考慮すれば、それも仕方ないのかもしれないが。

「さぁ、あなたたち。ドロシーとレフィーナを消しなさい」

「おっと、その前に金を寄越《よこ》しな」

「なんですって？」

「金を寄越《よこ》さねぇなら、やらないぜ？」

「ふんっ。ほら、これでいいでしょう？」

従者がベルグの前に金の入った袋を投げ捨てた。それを拾い上げて中身を確認したベルグは、ニヤリと嫌な笑みを浮かべる。

そして、側《そば》で待機していた男女とアードに向かって軽く手を振った。

「たしかに代金はいただいたぜ。……が、ちょーっと甘いな？　お嬢サマ？」

そんなベルグの言葉と共に、アードたちがミリーとその従者に襲いかかった。

◇

「…………」

これは一体どういう状況なのだろうか、とレフィーナは困惑のため息を吐き出した。

ベルグたちを使ってドロシーと自分を消そうとしていたミリーとその従者が縄で縛ら

れ、雨で濡れた地面の上に転がされている。

　ターゲットであったはずのレフィーナたちはというと、座って焚《た》き火にあたりながらそんなミリーたちを見下ろしていた。

「レフィーナ様……なんというか……立場が逆な気がするのですが……」

「はい……」

　レフィーナもドロシーも困ったように顔を見合わせ、先ほどから喚《わめ》き散らしているミリーに再び視線を移す。本来なら拘束《こうそく》されて、こうして地面に転がされているのは自分たち二人のはずだ。

「あーあー、うるせぇお嬢サマだな」

「うるさいですって!?　私《わたくし》たちを裏切っておいて!」

「あのなー、裏稼業《うらかぎょう》の奴らなんて裏切るのが当たり前なんだよ。あんたの親父はそれがよーく分かった上で使ってたぜ?　親父に迂闊《うかつ》に俺らと会うな、って言われてただろう?　お嬢サマ?」

「そ、それは……!」

　泥まみれになりながら、ミリーが悔しそうに下唇を噛み締めた。ベルグは転がされている彼女の前にしゃがみ込み、呆れたような声で言う。

「まぁ……とりあえず役者が揃《そろ》うまでは何も言えねぇな」

「ドロシー様、レフィーナちゃん、寒くないですか？」

気遣うように話しかけてきたアードに、ドロシーが困惑したまま答える。

「は、はい……。あの……」

「あ、質問は勘弁してください。レフィーナちゃんもね」

ドロシーが質問しようとすれば、彼はウィンクをしながらそう言った。

ますます困ったように眉尻を下げたドロシーから視線を逸《そ》らし、ミリーとベルグ、そしてアードを順番に見たレフィーナは、ふと空を見上げる。

「………」

先ほどは月が雲に隠れて真っ暗だったが、今は雲の切れ間から月明かりが差し込み、周りが見えるようになった。

そういえば暗い夜にどうやって馬車でここまで来たのだろうか、と疑問に思う。街中には明かりがあっただろうが、森の中にはそんなものはない。

レフィーナたちが馬車に乗り込んですぐに雨がやんでいたとしても、雲の切れ間からたまに差す月明かり程度では長距離は進めないはずだが……

「……実は街からそんなに離れてない……？」

思わずレフィーナは呟《つぶや》く。馬車に乗っていたときはそんなことなど気にしていられなかったが、よく考えれば移動時間も短かった気がする。

それに、街のすぐ近くならミリーが徒歩でここに来られたのにも納得がいく。彼女が来たときは馬車の音がしなかった。

「レフィーナ」

「！」

いつの間にか隣に立っていたベルグに耳元で名前を呼ばれ、レフィーナはびくりと体を震わせた。

ばっと飛び退《の》けば、ベルグは屈《かが》めていた上半身を起こして、ニヤリと笑みを浮かべる。

「くくっ。そんな逃げなくてもいいじゃねぇか」

「……いちいち近づかないでください」

「あーあ、全然靡《なび》かねぇ女だな」

だから、誘拐するような奴にぐいぐい来られても嬉しくない！　と声を大にして言いたいレフィーナだった。だがニヤニヤと笑っているベルグに言い返しても、逆に喜ばれそうな気がしたのでなんとか文句は呑み込む。

「ちょっと！　私《わたくし》を無視しないでいただける!?　今すぐ縄をほどきなさい！　私《わたくし》が誰

だか分かっていますの⁉」

ミリーが金切り声で騒いでいる。そんな彼女をベルグは冷たい瞳で見下ろす。

そして、レフィーナに見せる顔とは別の侮蔑《ぶべつ》を含んだ笑みを浮かべた。

「そりゃ、あんたの家に雇《やと》われていたんだから分かってるに決まってるじゃねーか」

「なぜ、私《わたくし》が縛られてこんな汚ならしい場所に転がされなければならないの⁉　お金なら渡したでしょう⁉」

「あのな、そうなったのはあんたがひ弱な奴をのこのこ連れてきたからだろうが。俺らじゃなくても、裏稼業《うらかぎょう》の奴らなら金奪って捕まえて……そうだな、あんたは娼館《しょうかん》にでも売るか」

顎《あご》を撫《な》でながらなんてこともないようにベルグが言った。ミリーはその言葉に唇を震わせて、顔を青くする。

レフィーナは座っているドロシーの隣に立って、二人でその様子を見ていた。さすがのドロシーもミリーを庇《かば》う気にはならないようだ。

ふと、暗闇の中で再び炎が揺らめき、その場にいた全員がそちらに視線を向けた。

「お、来たか」

「ドロシー‼」

「レオン殿下!!」

　駆けてくるレオンの姿が見えると、ドロシーはずっと強張《こわば》っていた顔を綻《ほころ》ばせ、彼の方へと駆けていく。

　そんなドロシーをレオンは両手で抱き止めて、深く安堵《あんど》の息を吐き出した。

　レオンの後ろには松明《たいまつ》を持った騎士とヴォルフがいる。その姿にレフィーナもほっと息を吐き出して、ヴォルフのもとへ向かおうと足を踏み出す。

「レフィーナは行ったら駄目だろ?」

　そう耳元で聞こえたと同時にベルグの逞《たくま》しい腕が腰に回され、そのまま抱き寄せられた。

　レフィーナはヴォルフの姿を見て気を抜いてしまったことを後悔する。というか、ドロシーはあっさりとレオンのもとへ行かせたくせに、なぜ自分は駄目なのだ、と頭上にあるベルグの顔を睨《にら》みつけた。

「ははっ。上目遣いで睨《にら》んでも可愛いだけだぞ?」

「放して……!」

「あー、可愛い」

　レフィーナは彼の胸を押して少しでも距離を取ろうとするが、ベルグは締まりのない顔でその抵抗を楽しんでいる。

不意にぐいっと顔が近づいてレフィーナは息を呑む。間近で見つめ合ったベルグの闇色の瞳がすっと横に動くと同時に、キィンと金属がぶつかる音が響いた。

驚いて音の方を見れば、ヴォルフが狩りをする狼《おおかみ》のような鋭《するど》い瞳で、剣を振り下ろしていた。

ベルグは短剣でその剣を受け止めたようだ。

「レフィーナを放せ」

唸《うな》るような低い声でヴォルフが言う。そんな彼に、ベルグは片方の口端《くちは》を器用につり上げて笑った。

カチャカチャとせめぎ合う剣と短剣の音がすぐ近くで聞こえて、レフィーナは体を強《こわ》張《ば》らせる。

やがて、片手で剣を受け止めていたベルグの方に限界が来たらしく、彼はレフィーナの腰を放した。その直後に再び腕を引かれ、今度はヴォルフの胸の中に飛び込む。

「あーあ、さすがは副騎士団長サマ」

「ヴォ、ヴォルフ様……」

「レフィーナ……」

ヴォルフのぬくもりを感じると、今まで心の奥に押さえつけていた恐怖が湧き出てきて、彼の服を掴《つか》む手が小さく震えた。そんなレフィーナを労《いたわ》るように、ヴォルフの手がその手を優しく包み込む。

レフィーナは今度こそ安堵《あんど》の息を吐き出した。

「ちょっと！　どういうことですの!?　なんでっ！」

「ああん？」

「なんでその二人を逃がして、私《わたくし》はこんな屈辱《くつじょく》を受けなければならないの!?」

「そうだね。私もどういうことか知りたいな」

ドロシーと共にやってきたレオンが、一人一人を見回して困惑したように言った。

「レオン殿下っ！　私《わたくし》……私《わたくし》を見てください！　その二人に嵌《は》められたのですわ！」

ミリーは怒りの形相《ぎょうそう》から一転、嬉しそうに顔を綻《ほころ》ばせて、さっそく保身に走る。

「そんなわけないじゃん。ドロシー様とレフィーナちゃんは俺たちが無理やり連れてきたんだし」

「なっ……！」

「……アード……。アンからはアードが裏切り、ドロシーたちを誘拐したと聞いている。だけど……ヴォルフは彼らを見ても取り乱していないね？」

「そりゃ、取り乱すわけねぇだろ。今回のこと、全部知ってるんだしよ」

「ヴォルフ様……？」

ベルグの言葉にレフィーナはヴォルフを見上げた。レオンの言う通り、長い付き合いの同期が裏切ったなら、もっと怒るなり悲しむなりしてもよさそうだ。それに、ヴォルフはレフィーナを取り返してからは剣を収めている。

ヴォルフはどこか申し訳なさそうにレフィーナを見てから口を開いた。

「……実は……王妃殿下のご命令で……」

「は？　母上？」

「そーだよ。怖い女だぜ、あれは」

「ちょっと待って。意味が分からない」

レオンが片手で顔を覆《おお》って、首をゆるゆると横に振る。ベルグはそんな彼を笑いながら、ドロシーとレフィーナが座っていた丸太にどかっと腰を下ろす。

ミリーはすぐに存在を忘れられて不満そうだが、レオンの様子を窺《うかが》いながら大人しく話を聞いている。

「この誘拐は王妃サマの命令でやったんだよ」

「だから、その意味が分からないんだよ。なんであなたたちにそんなことを命令する必要がある？　それに、そもそもいつ母上と接点が？」

「あー、あんたらの結婚式が終わった直後に、王家の諜報員《ちょうほういん》に俺たちは捕まったんだよ。んで、王妃サマから出された選択肢が二つ。投獄《とうごく》されて処刑を待つか、または王妃サマに協力した後、組織を解散して足を洗うか、ってな」

結婚式が終わった直後。つまり、レフィーナがドロシーの専属侍女になった初日の食事会のときには、もうベルグたちは捕まっていたことになる。しかし、あのときレナシリアは捕まえることはおろか、尻尾《しっぽ》も掴《つか》めていないと言っていたはずだが。

レオンやドロシーもレフィーナと同じように思ったのか、困惑の表情を浮かべている。

「まぁ、俺たちも命が惜しいんでな。協力する方を選んだ。俺たちを使っていたそこのお嬢サマの親父に関する情報のリークと、お嬢サマの捕縛《ほばく》。それと、レオンサマへのお仕置きだよ」

「は？　……お仕置き……？」

「これは後から追加されたことだけどな。そのお嬢サマの捕縛《ほばく》ついでに、ドロシーサマを誘拐しろって命令されたのさ」

「わ、私をですか……？」

「そうだ。誰からの情報であれ、己で真偽《しんぎ》を確かめず安易に妃《きさき》から離れるような王太子はいずれ足を掬《すく》われる、ってよ。それにしたって新婚旅行の最中に俺たちを使って誘拐させるあたり、えげつねぇよな」

今回の誘拐はミリーを誘い出して捕縛《ほばく》することと、自分で情報を確認せず、またドロシーから安易に離れたレオンへのお仕置きが目的だったらしい。

レフィーナは話を聞いて思わず疲れたようなため息を吐き出した。

どうりで拘束《こうそく》もされず、街からも近く、ドロシーもあっさりとレオンのもとに帰されるわけだ。

「では、アード様は……」

「中々の演技だったでしょ？　俺は一応ベルグの見張り役。レフィーナちゃんが誘拐に勘づいたときは焦ったなぁ……」

アードが笑いながら、茶目っ気たっぷりにウィンクしている。それを見てレフィーナは再びため息をついた。

あのとき、必死に抵抗した意味とは……と少々落ち込む。

「宿の爆発は？」

「あー、あの宿は元々俺たちのアジトでな。王妃サマがそれを爆破でもして、派手に怖がらせろって言ってさ。安全面は考慮してあったから、怪我もなかっただろう？　もちろん、客や従業員も避難済みだしな。雨も降ってたし、宿の裏に残りの騎士たちと俺たちの仲間が待機していたから、すぐに火は消されたはずだ」

「私へのお仕置きだというなら、彼女たちを怖がらせる必要はなかっただろう？」

レオンが怒ったように言った。ドロシーを誘拐してレオンを焦らせ、安易に離れたことを後悔させるのがお仕置きだったのなら、初めから彼女に事情を説明して協力してもらえばよかったのだ。

そうすれば、ドロシーだけでなくレフィーナだって怖い思いをしなくて済んだ。

「ドロシーサマはいずれ王妃になるだろう？　こういうことが起こる危険性もある。だから、一回味わってみろってさ。本当怖《こえ》ぇよな、嫁にそんなことを経験させるって……」

いずれ王となるレオンには情報の大切さと、そしていかなるときも気を抜かないということを。王妃となるドロシーには自身の身に起こるかもしれない危険と、そのときに冷静に対処することを。

レナシリアはそれらを分からせるために随分荒っぽい計画を実行したようだ。

ベルグの説明でレナシリアの思惑を理解し、レオンはがっくりと肩を落とした。

「……今回のことは私の失態だね……。すまない、ドロシー……怖い思いをさせてしまったね……」

「レオン殿下……」

「さて、こっちの説明は終わりだな。後は……」

ベルグが大人しくしていたミリーに視線を移した。彼女は互いに寄り添っているドロシーとレオンを見て、憎らしげな表情を浮かべている。

「俺はこいつらを王妃サマに言われたところに連れていくぜ」

「……ど、どこに連れていくつもりなの!? 私《わたくし》は無実よ！」

真っ青な顔で喚《わめ》くミリーに、ヴォルフが冷静に告げる。

「ミリー嬢。今頃、ベルグの情報によりトランザッシュ公爵も王妃殿下の命令で投獄《とうごく》されているはずです」

「そんな！　あなたたちが私《わたくし》に罪を擦《なす》りつけているのですわ！」

ヴォルフとレフィーナを見てミリーが騒ぎ立てる。もう言い逃《のが》れもできない状況だというのが、まったく分かっていない。

ドロシーとレフィーナを消すと言ったことも忘れ去っているようだ。レオンに何も伝わっていないと本気で思っている彼女に、全員が呆れた視線を向けている。

「あのなぁ……もうどうしようもないんだよ。あんたには王妃サマから社交界を追放するって命令が出てるんだ。つまり、あんたはもう貴族でもなんでもねぇってことさ」

「なっ、なんですって……？」

「それに、あんたの行き先はもう決まっているぜ」

「ま、まさか……私《わたくし》にも城で侍女をしろって言うつもりかしら……!?」

「はっ。そんなわけねぇだろ。あんたみたいに使えねぇ奴は、王妃サマもいらねぇだろうよ」

呆れたようにベルグが肩を竦《すく》めた。ミリーは侮辱《ぶじょく》の言葉に顔を赤くしたが、これからの自分の処遇が気になるのか、少し不安げな表情をしている。レナシリアからの命令が覆《くつがえ》らないことはさすがのミリーでも分かったのだろう。

「国外追放とかじゃない？」

「そんなっ!!」

軽く口にしたアードにミリーが愕然《がくぜん》とする。

「アード。おめぇ、騎士のくせして馬鹿だろ」

「はぁ？　なんで！　こういう場合は国外追放でしょ！　ねぇ、ヴォルフ!?」

ベルグに馬鹿と言われてアードが叫ぶ。レフィーナも彼と同じことを考えていたのでそっと目を逸《そ》らした。

同意を求められたヴォルフは首を横に振る。

「この国と隣接する国はプリローダとヴィーシニアの二国。そのどちらとも関係は良好だ」

「そんな隣国に行って問題でも起こされたら、国同士の問題に発展するだろ。だから、まず国外追放なんてありえねぇんだよ」

ベルグの言葉にレフィーナはなるほど、と心の中で納得した。侍女になる前は国外で悠々《ゆうゆう》と呑気《のんき》に暮らそうなどと考えていたが、そんなのは最初から無理だったということだ。

ドロシーが可愛くて罵《ののし》るだけになってしまったが……手を出さなくて本当によかった、とレフィーナは遠い目をする。

「で、では……私《わたくし》はどこに……」

「そんなの分かりきってるだろ？　国外追放なんかしなくても、国内に立派な送り先があるじゃねぇか」

「え？」

「国境にあるだろ？　問題を起こした奴が送られる屋敷がな。……お馴染《なじ》みのダンデルシア家だよ、あんたの行き先は」

その言葉を聞いてミリーがさらに青ざめる。

レナシリアはミリーを投獄《とうごく》ではなく、ダンデルシア家送りにすると決めたようだ。

たしかに王妃はレフィーナのときも、罰を与えるならその屋敷に送っていたと言っていた。

「お嬢サマ。あんたの行き先はダンデルシア家だ。もちろん、貴族の身分は剥奪《はくだつ》されてただの使用人として働かされるぜ」

「そ、そんな……っ。ド、ドロシー様！　レオン殿下！　ごめんなさいっ！　私《わたくし》っ……謝りますわっ！　だから……！」

「ミリー嬢……。もう取り返しがつかないところまで来てしまっているんだよ。……それに、大切な妻を殺そうとした者を許す気はない」

「まぁ、王太子妃の暗殺を企《くわだ》てた罰が身分剥奪《はくだつ》とダンデルシア家送りなんて軽い方だぞ。諦《あきら》めて、そこで反省しながら過ごすんだな」

ベルグはそう言って、軽く手を振る。すると、ずっと側《そば》に控えていた裏稼業《うらかぎょう》の男女が、地面に転がされていたミリーとその従者を立たせた。彼女は真っ青な顔でフラフラと立ち上がる。だが下唇をきゅっと噛み締めて、涙は流さなかった。

「じゃあ、俺らはこいつらをダンデルシア家に送り届けてお役御免だな」

「……諜報員《ちょうほういん》がお前たちを見張っている。余計なことはするな」

「分かってるよ、副騎士団長サマ。俺はあんな怖い王妃サマには二度と会いたくねぇし、死にたくもねぇからな。ちゃんと送り届けたら、裏稼業《うらかぎょう》から足を洗うさ」

「……ヴォルフ、本当にこの者たちに任せて大丈夫なのかな」

レオンが軽い調子で話すベルグを疑わしそうに見ている。レナシリアにしてやられたことで、少しは疑い深くなったらしい。

ヴォルフはそんなレオンに苦笑いを浮かべると、しっかりと頷《うなず》いた。

「諜報員《ちょうほういん》が厳しく見張っていますし、ダンデルシア家まではアードをつけますので大丈夫です」

「……そう」

「はい、俺もしっかり見張っておきますよ」

「それと、すべてが終わったらレオン殿下にこの手紙を渡すようにと王妃殿下から言われています。今回の件の詳細が書かれているそうです」

「手紙……後で読むよ」

ヴォルフから手紙を受け取ったレオンはそれをポケットに仕舞うと、ドロシーの手をぎゅっと握る。

「終わったなら行こうか。もうこれ以上ここにいる必要はないよね」

その言葉にヴォルフが頷《うなず》く。

「はい。領主の屋敷に向かいましょう。荷物もそちらに移してありますので」

宿にあった荷物はレフィーナたちが部屋から出た直後に護衛の騎士たちが運び出し、領主の屋敷に移動させてあるという。

「さぁ、俺たちもさっさと移動するぞ。その馬車にお嬢サマたちを乗せな」

ベルグが指示を出してミリーたちを馬車に乗せる。彼女は寄り添うドロシーとレオンを羨《うらや》ましそうに見てから、静かに馬車に乗り込んだ。

レフィーナがヴォルフの側《そば》でなりゆきを見守っていれば、ベルグが近づいてきたので警戒する。それを見た彼はニヤッと笑みを浮かべた。

「レフィーナ、俺と来いよ」

「お断りします」

「俺のものになれって」

「嫌です」

レフィーナは二回とも即答した。ブンブンと首を横に振るオプション付きだ。

もう彼を見るだけで鳥肌が立つようになったのに、ついていくことなんて絶対にないだろう。

「おい。レフィーナに近づくな」

「んー？　俺はそいつに惚《ほ》れたんだよ。惚《ほ》れたら口説《くど》くだろ、普通」

「人の恋人を口説《くど》くな」

「俺は人のものを奪うのが好きなんだよ」

レフィーナを後ろに庇《かば》ったヴォルフがベルグと睨《にら》み合う。ベルグが話すたびにレフィーナは首を激しく横に振り、逆にヴォルフが話すときは同意を示すように首を縦に振った。

「彼女は俺の恋人だ。……お前なんかに渡さない」

「かっこいいな。ますます奪いたくなったぜ？」

「……レフィーナがお前を選ぶならともかく……どう見ても嫌がっているだろう」

「照れ隠しだろ？」

「照れていません。見た通りです。もう関わらないでください」

うんざりして、はっきりと拒絶の言葉を口にする。もう本当に二度と会いたくない。

ベルグは拒否されているのを分かっていながら、楽しむように顎《あご》を撫《な》でてニヤついている。それにぞっとしたレフィーナが思わず助けを求めるようにヴォルフの手を握れば、しっかりと握り返してくれた。

「まぁ、とりあえず今日は引き上げるか。レフィーナ、気が変わったらいつでも歓迎するぜ？」

「そんなこと、ありえません」

「……それはどうかな？　お前たちが乗り越えられず……別れることを祈っているぜ？」

ベルグは意味深《いみしん》なことを言い残すと、背を向けてヒラヒラと手を振りながら馬車へと乗り込む。

彼らがいなくなると、レフィーナはふっと体の力を抜いた。

本当に厄介な男に目をつけられたものだ、と深いため息をつく。

「レフィーナ、大丈夫か？」

「は、はい……」

「とにかく私たちも領主の屋敷へ向かおう。これではドロシーもレフィーナも風邪を引いてしまう」

レオンの言う通りこのままでは風邪を引いてしまうだろう。ずっと焚《た》き火にあたっていたので寒くはなかったが、服はまだわずかに湿っている。

レフィーナたちは焚《た》き火を消すと、ヴォルフの案内で街に戻る。レフィーナとドロシーが驚くくらいすぐに街に着いて、そこからは馬車で領主の屋敷へと向かったのだった。

「レフィーナはもうドロシーについていなくていいから、部屋に行きなよ」

領主の屋敷に着くと、レオンがそう言った。どうやら気遣ってくれているらしい。色々とあって疲れていたので、レフィーナはその気遣いをありがたく受け取ることにした。ドロシーには事情を聞いたアンがついてくれるようだ。

「……お気遣い、ありがとうございます」

「……私のせいだからね。当然のことだよ」

「おやすみなさい、レフィーナ様」

「はい、おやすみなさいませ。ドロシー様、レオン殿下」

すっと頭を下げれば、ドロシーとレオンはアンを伴《ともな》って去っていった。二人の姿が見えなくなるまで見送ってから、レフィーナも与えられた部屋へと歩き出せば、隣にいたヴォルフも歩き始める。

「ヴォルフ様？」

「……部屋まで送っていく」

◇

「ふふっ。大丈夫ですよ、迷子にはなりませんから」

「……その心配はしてないが……。少し話がしたいしな」

自然に手を握られてレフィーナは少し恥ずかしくなる。ベルグにぞっとしたときは思わず握ってしまったけど、改めて手を繋ぐとなんだか落ち着かない。

少しそわそわとしつつも、部屋に着いて扉を開ける。一人には充分な広さの部屋は掃除が行き届いていて綺麗だ。それに、暖炉《だんろ》で火が燃えているので部屋の中は暖かい。

「あの、ヴォルフ様……わっ……！」

振り返れば、ヴォルフも部屋の中に入ってきて、レフィーナをぎゅっと抱き締めた。

扉がパタン、と音を立てて閉まる。

「ヴォルフ様……？」

「レフィーナ、怖い思いをさせて悪かった」

「え？」

「王妃殿下に誘拐の計画は口外《こうがい》するなと言われていたから、お前にも黙っていた。……怖かっただろう……？」

強く抱き締めたまま、ヴォルフが気遣うような声で話す。今回の計画を護衛の騎士以外に口外《こうがい》することは強く禁止されていたらしい。

「大丈夫です。……レナシリア殿下のご命令なら、それに従うのが騎士の仕事でしょう？」

「……それでも、お前に怖い思いをさせたのには変わりない」

「ヴォルフ様……」

彼の優しさに胸が温かくなる。たしかに怖かったし、どうなるのか不安だったが、ヴォルフたちが来てくれることを信じていた。

「それに……」

ふと、ヴォルフの声が低くなって、レフィーナは緋色《ひいろ》の瞳を瞬《またた》かせる。抱き締めていた腕が離れて、顔を覗《のぞ》き込まれた。

「あの……」

「それに、俺がいない間にあんな奴に惚《ほ》れられるなんて……」

「はい？」

レフィーナの頬《ほお》を撫《な》でながらヴォルフが眉を寄せた。

レフィーナはヴォルフの言葉に首を傾《かし》げたが、すぐにベルグのことを思い出す。そして、思わず嫌そうな顔をしてしまう。

「惚《ほ》れられたくて惚《ほ》れられたわけではないです」

「……一緒にいて、何もなかったか？」

「何もありませんよ。迫られたらつま先を踏んづけてやりました」

「……迫られたのか」

「あ、の……ヴォルフ様、近い……」

金色の瞳が至近距離にあってレフィーナは目を泳がせた。いつの間にかヴォルフの両手が頬《ほお》を包み込むように添えられている。

互いの唇に息がかかるほど近くて、レフィーナの顔が熱くなる。恥ずかしさのあまり、一歩後ろに下がろうとした。

しかし、距離を取るよりも早く、ヴォルフの片腕が腰に回される。そしてそのままぐいっと腰を引き寄せられて、さらに距離が近くなってしまった。

「ヴォ、ヴォルフ様……」

「レフィーナ、どうしてそう男に迫られるんだ？」

「そ、そんなこと言われましても……」

「あの裏稼業《うらかぎょう》の頭だけじゃない。プリローダの第四王子にも迫られていたよな。俺が……」

レフィーナがやっとヴォルフと目を合わせれば、金色の瞳が細められる。

「俺がどれだけ嫉妬《しっと》してるのか、知らないだろう」

「しっ、と……？」

「そうだ。俺はレフィーナを他の誰かに取られたくない。……俺だけを見ていてほしい」

真剣な顔で真っ直ぐに見つめられ、レフィーナの頬《ほお》がさらに熱を持つ。恋人にそんなことを言われて、嬉しくないわけがない。

「私は、ヴォルフ様だけを見ていますよ。レイ殿下でも、あのベルグという人でもなく……あなただけです。こんなにドキドキして、好きなのは……」

レイは可愛いし好きだが、恋愛とは違う。ベルグに至っては好きどころか嫌いだ。

自分を好きでいてくれるヴォルフに、レフィーナも恥ずかしさを押し込めてきちんと気持ちを言葉にする。

そうすれば、彼は頬《ほお》を赤く染めて、嬉しそうに微笑んだ。

「レフィーナ、名前を呼んでくれ」

「ヴォルフ様？」

「違う。様はいらない」

嫉妬《しっと》の色を含んでいた金色の瞳が、今は蕩《とろ》けるような甘さを含んでいる。こつん、と額《ひたい》同士が合わさって、その近すぎる距離にレフィーナは動揺した。

「レフィーナ……」

「ヴォルフ、様」

「ヴォルフだ」

今まで様付けで呼んでいたので、いざ呼び捨てにしようと思うと恥ずかしい。風邪を引いたときも呼び捨てにしてほしいと言われたが、結局うやむやになっていた。

ヴォルフの期待するような目に、レフィーナは深呼吸をしてゆっくりと口を開いた。

「……ヴォルフ……」

小さい声で名前を呼ぶと、ヴォルフは嬉しそうに金色の瞳を細める。

「もう一度」

「ヴォル……んっ……！」

催促《さいそく》されてもう一度呼ぼうとすれば、途中でヴォルフの唇によって遮《さえぎ》られた。

驚きに目を見開いたレフィーナは、触れるだけですぐ離れた形のよい唇を目で追う。

そして何をされたかに気づくと、次の瞬間には耳まで熱くなった。

熱を持つ耳を、ヴォルフの指先がなぞる。

「耳まで真っ赤だな」

「だっ……だって、急に……その、キス……されたから……！」

「嫌だったか？」

「い、嫌ではなかった、です……」

「……可愛いな」

「ん、ヴォルフ……ふっ……」

ヴォルフが甘く囁《ささや》きながら、啄《ついば》むようなキスを繰り返す。レフィーナはどうしていいのか分からず、固まっていることしかできない。

分かるのは、ただただ恥ずかしいということだけだ。

「レフィーナ、好きだ」

「私もヴォルフ……のことが好きです」

「じゃあ、次は敬語なしだな。普通に話せ」

「えっ？」

「お前が敬語で話すたびに……そうだな、キスでもするか。まぁ……俺はそれでもいいけどな」

意地悪そうな笑みを浮かべたヴォルフに、レフィーナは口端《くちは》を引きつらせた。さっきから猛烈に恥ずかしいというのに、彼は楽しそうだ。

「レフィーナ、俺は恋人とは対等でいたい。敬語だと距離を感じるから、敬語なしで話してもらいたいんだ」

「分かり……分かった。そう何度もキスされると……その、恥ずかしいし」

「俺はレフィーナとキスできるのが、何度でも嬉しいけどな」

「うっ……」

甘さを含んだ声と瞳で言われて、レフィーナは思わず顔を背《そむ》けた。

先ほどから心臓がドキドキしていて落ち着かない。それなのに、また何度もキスなんてされたら……心臓が破裂してしまいそうだ。

敬語なし、敬語なし……と呪文のようにぶつぶつと呟《つぶや》きながら、心の準備をしていれば、不意に大きな手で顎《あご》を掬《すく》われ、また唇が重なった。

「な、なっ……!?」

「別に敬語で話したとき以外はしないなんて言ってないだろ」

「そ、そうですけど！」

「また敬語に戻ってるぞ」

「んっ。分かった……！　分かったから！」

またキスをされたレフィーナは、恥ずかしさが限界に達して、ぐいっとヴォルフを押し退《の》けた。

顔が燃えるように熱くて、両手で頬《ほお》を包み込むが、残念ながら熱が引くことはなかった。自分とは違って余裕がありそうなヴォルフに、レフィーナはむっとする。

「ヴォルフさ……ヴォルフは、恥ずかしくないの？」

「恥ずかしがるお前が可愛すぎてそれどころじゃない。ちなみに分かっているとは思うが、キスをするのはこれが初めてだ」

「……初めてなのはこっちだって同じなのに……ヴォルフ……だけ普通なのはずるい」

「普通、か。……ほら、触ってみろ」

不意に掴《つか》まれた手をヴォルフの左胸に押しつけられた。

その手のひらにドクドクと速い鼓動《こどう》が伝わってくる。

「鼓動《こどう》が速い……」

「当たり前だろ。なんたって初めて好きな女にキスしたんだから、緊張くらいする」

少し照れたように視線を逸《そ》らしたヴォルフに、レフィーナは胸がきゅっと締めつけられた。

いつもは冷静だし、先ほども余裕の表情だったから、不意に照れられると可愛く見える。

「ヴォルフ様、可愛いですね」

「へぇ。余裕が戻ったようだな？　だがまた敬語になってるぞ」

「あっ……」

可愛い、という単語に鋭《するど》さを取り戻した金色の瞳がレフィーナを見つめた。

いつものように敬語で話してしまい、咄嗟《とっさ》に手で口を隠すが、許してもらえるはずもなく……あっさりと手を引き剥《は》がされて、再び唇を塞《ふさ》がれてしまう。

「レフィーナの唇は甘くて、柔らかくて……何度でもキスしたくなるな」

「……っ！　ふ、二人のときは敬語なしで名前も呼び捨てにするから、もう今日は部屋に戻って！」

「……仕方ないな。約束だぞ」

これ以上は耐えられなくなって、ヴォルフを扉までグイグイと押していく。彼はあっさりと部屋の外へ出ると、柔らかい笑みを浮かべた。

「……おやすみ、レフィーナ」

最後にレフィーナの頭にぽんっと手を乗せてから、ヴォルフは自分の部屋へと戻っていった。

レフィーナはなんとか扉を閉めてズルズルとその場に座り込み、こつんと扉に額《ひたい》を当てる。

「……甘い」

思わず口から飛び出た言葉に、レフィーナは苦笑いを浮かべた。

ヴォルフはもっとクールな感じだと思っていたが……二人のときだとそんなこともな

いようだ。むしろレフィーナが恥ずかしくなるくらい、甘い。

何度も触れ合った唇に指先で触れれば、また頬《ほお》に熱が集まる。

「……うう……恥ずかしい……」

このまま額《ひたい》を扉に打ちつけて、ヴォルフのせいで鈍《にぶ》った頭を覚醒《かくせい》させたい気もするが、色んな意味で痛いのでやめておく。

レフィーナはフラフラと立ち上がると頭を冷やすために、部屋に備えつけてあったお風呂へと向かった。

◇

翌日、ドロシーもレフィーナも体調を崩すことなく朝を迎えていた。二人の体調に問題がないので、今日も予定通りに出発することになっている。

レフィーナにとってはありがたいことに、今日はまだ一度もヴォルフに会っていない。顔を見れば絶対に昨日のことを思い出して恥ずかしくなるので、会わなくて済んでいるのは幸いだった。

「あの、レフィーナ様……」

ドロシーの着替えや朝食を終え、荷物をまとめていると、そのドロシーから控えめに声をかけられた。ちょうど最後の荷物を詰め終えたので、そちらに体を向ける。

「はい、なんでしょうか」

「その……」

「？」

酷《ひど》く申し訳なさそうな雰囲気で話しかけてきたドロシーは、言いづらいことを言おうとしているのか、もじもじとしている。そんな彼女にレフィーナは首を傾《かし》げた。

「どうされましたか？」

「実は、その……」

「ドロシー、入るよ」

ドロシーがようやく話し出そうと口を開いたタイミングで、部屋の外からレオンの声が聞こえた。それを聞いたドロシーは、なぜかレフィーナからそっと視線を逸《そ》らす。

「ドロシー様？」

「あ、いえ……その……な、なんでもありません」

「ドロシー、入っていいかな？」

「は、はいっ」

結局、レフィーナはドロシーが何を言おうとしたのか分からないまま、レオンを部屋に入れるために扉を開けた。

ヴォルフと同じようにレオンも忙しいらしく、今日会うのは初めてだ。

「おはようございます、レオン殿下」

「………やぁ、レフィーナ。おはよう」

レオンに挨拶《あいさつ》をすれば、彼はにっこりと笑みを浮かべた。

満面の笑み、とも言えるはずの表情なのに、なぜかそれを見たレフィーナの背中にゾクリとしたものが走る。

「レフィーナ、ドロシーの出発準備はできたかな？」

「え、ええ。もう終わりました」

「そう。では、少ししたら出発するから、荷物はヴォルフに馬車まで運んでもらってね」

「はい、承知いたしました」

「ドロシー、私たちは先に馬車へ向かおうか。領主に挨拶《あいさつ》もしたいしね」

「は、はい。では、レフィーナ様……。また後で」

終始笑顔で会話をしていたレオンが、ドロシーを連れて部屋を出ていった。それをお辞儀《じぎ》をして見送ったレフィーナは、思わずぶるりと体を震わせる。

「な、なんだか……レオン殿下、機嫌が悪かったような……」

笑いながら怒っている、といった雰囲気だった。しかも、その怒りは気のせいでなければ、レフィーナに向けられていたようだ。

しかし、特に怒られるようなことをした覚えはない。

「レフィーナ、いるか？」

レオンが怒っている理由を考えていたレフィーナは、ヴォルフの声に驚いて肩を跳ねさせる。

そういえばレオンから、ヴォルフが荷物を運ぶと言われていた。それを思い出し、慌てて扉を開ける。

「おはよう、レフィーナ」

「おはようござ……」

いつものように挨拶《あいさつ》しようとして、はっと口を噤《つぐ》んだ。そして、こほん、とわざとらしい咳《せき》をしてから少し恥ずかしい思いで口を開く。

「おはよう、ヴォルフ」

今、ここにはヴォルフとレフィーナしかいない。昨日交わした約束は『二人のときは敬語や様付けなしで呼ぶ』というものだ。破れば、キスをされてしまう。

「……別に間違えてもよかったのにな」

不意にヴォルフが上半身を屈《かが》めて、レフィーナの耳元で囁《ささや》いた。

咄嗟《とっさ》に耳を押さえたレフィーナは、彼から離れて焦ったように話題を変える。まだ近い距離には慣れない。

「に、荷物を運んでくれる？　レオン殿下から聞いたわ」

「ああ。……そういえば、レオン殿下の様子、おかしくなかったか？」

「え？」

「なんと言うか、笑いながら怒っているような……」

ヴォルフが眉を寄せてそう言った。レフィーナは先ほどのレオンを思い出して、コクコクと何度か首を縦に振る。

どうやら話題は上手く変えられたようだ。

「ドロシー様には普通だったけど、私には……ヴォルフが言ったみたいに、笑いながら怒っているような雰囲気だったわ」

「レフィーナも感じたか……。俺も同じだ。他の騎士には普通だったんだが……」

「私たち、レオン殿下を怒らせるようなことをしたのかな……？」

二人で腕を組んで考えてみたが、思い当たることはない。何せ、昨日までは普通だったのだから、急に態度が変わった理由が分からないのだ。

「……とりあえず、馬車に向かうか。レオン殿下たちを待たせたらまずいからな」

ヴォルフはそう言いながら、荷物を軽々と持ち上げて部屋を出ていく。レフィーナも忘れものがないか最後にチェックしてから、馬車へと向かう。

馬車の前に着くと、ちょうどレオンたちが領主と別れの挨拶《あいさつ》を済ませたところのようだった。レオンはドロシーに手を貸して馬車に乗せてから、くるりとレフィーナの方を見る。

「今日はレフィーナもこちらの馬車に乗りなよ。あぁ、ヴォルフもね」

彼はにっこりと笑いながらそう言って、自分たちの乗る馬車を指差した。その言葉にレフィーナとヴォルフは顔を見合わせたが、命令に従って馬車へと乗り込んだ。

レオンとドロシーが横並びに座り、その向かいにヴォルフとレフィーナが座る。

王族が乗る馬車なだけあって、かなり乗り心地がいい。しかし、残念ながらそれを呑《の》気《ん》に堪能《たんのう》している場合ではなかった。ゆったりとしたペースで進む馬車の中が、重苦しい沈黙に支配されていたからだ。

「……あの、レオン殿下……」

「何かな？　ドロシー」

ドロシーが沈黙に耐えかねて話しかければ、レオンはいつもと同じように、優しい声と表情で彼女の方を向く。

「えっと、レフィーナ様たちが……その、困っています。何かお話ししたいことがあるのでは……?」

「あぁ、そうだった。ねぇ、レフィーナ、私がなぜ、この馬車に乗るように言ったか分かるかな?」

ドロシーに促《うなが》されて、ようやく話す気になったらしく、レオンがレフィーナに問いかける。

「……いえ……」

レフィーナは少し考えてから、ゆっくりと首を横に振った。馬車に乗ってからも彼を怒らせた原因を考えていたが、これといって思いつかなかったのだ。

「そう。……昨日の夜、母上からもらった手紙を読んだのだけれど……」

レオンの言葉でレフィーナは昨日のことを思い出す。たしか、ヴォルフがレナシリアからの手紙を彼に渡していた。

「とても面白いことが書かれていてね」

「面白いこと、ですか……?」

「そう。……レフィーナが公爵令嬢だった頃、社交界であのような態度を取っていた理由が……私と結婚したくなかったからだと書いてあったよ」

「え……」

レオンの言葉にレフィーナはかちん、と固まる。

ドロシーやヴォルフ、レナシリアにはそのことを話してあるが、レオンにはずっと黙っていた。どうやらそのことをレナシリアが彼に手紙で明かしたようだ。もう解決したと思って頭から抜け落ちていたことに気づき、レフィーナは思わず緋色《ひいろ》の瞳をさ迷わせる。

「……それを見抜けなかった間抜けな私を見ているのは楽しかったかな？」

そう言われて、レフィーナはすぐに首を横に振った。

そんなつもりはない。少なくともレフィーナはそうだ。

ただ、レナシリアはそんなレオンを見て楽しんでいた。純粋すぎる彼がそのまま国王になることを懸念《けねん》していた彼女は、息子が隣国と渡り合っていけるように多少は腹黒くなるのを望んでいる。昨日、ドロシーを誘拐するという荒業《あらわざ》に出たのもそのためだ。

おそらく今になってレフィーナのことをレオンに教えたのもそれが目的だろう。

そしてレナシリアの思惑通り、どうやら今回の手紙がレオンの性格を歪《ゆが》ませる決定打となったようだ。今まで彼が笑いながら怒る姿なんて見たことがない。

「……私との結婚が嫌ならそう言ってくれればよかったのに。……生まれたときから決められた婚約者だったから、君の立場でどうこうするのは難しかったかもしれないけど……私は嫌がっている女性と無理に結婚しようとは思わないよ」

結婚だけを回避《かいひ》するならそれでよかったのかもしれないが……。それだけが目的ではなかったのだ。ドロシーとレオンの仲を取り持ちたかったし、貴族の身分から解放されて自由に暮らしたかったというのもある。

だからこそ、ああいう手に出たのだが……それを話すには少々、事情が複雑だ。神がどうこうだの、魂がなんちゃらだの……とても信じられる話ではない。

「それに、そのことをドロシーと、ヴォルフも知っていたのだろう？　知っていたのなら、二人がレフィーナと仲よくなった理由も分かる。特にヴォルフは公爵令嬢だったレフィーナのことを嫌っていたし……。あのレフィーナが演技だったのなら、嫌いだった理由はなくなるからね」

「ごめんなさい、レオン殿下……。それに、レフィーナ様もごめんなさい。レオン殿下に聞かれて……私も知っていたと話してしまいました……」

ドロシーが朝から何か言いたそうにしていたのは、このことだったようだ。しゅんとするドロシーの手をレオンが優しく握る。

「ドロシーは被害者でもあったんだから、私に話しにくいのは理解できる。だけど……正直レフィーナと……黙っていたヴォルフには少し腹が立っているかな」

そう言ってレオンはヴォルフを見る。

「レオン殿下、知りながら黙っていたことは申し訳ありません。しかし、レフィーナにも色々と事情があったのです。……どうかお許しください」

ずっと黙っていたヴォルフが頭を下げながら言った。彼は唯一、レフィーナが神との契約のため……空音のために悪役令嬢を演じていたことを知っている。

「……もう終わったことだし、気づけなかった私にも非はある。公《おおやけ》の問題にする気はないから、こうして人に聞かれないように馬車の中で話をしたんだ」

あくまで罰する気はないと言うレオンに、レフィーナも頭を下げる。

「レオン殿下……。騙《だま》していたこと、そして社交界でわざとあのような態度を取ったこと……本当に申し訳ありません」

「……私はドロシーと結婚できてよかった。それは君が婚約破棄のために動いてくれたおかげだ。……だけど、そう簡単には割り切れない」

レオンは複雑そうな表情でため息と共にそう言った。

レフィーナが自分と結婚したくなくて、わざとあのような態度を取っていたこと。そして、それに気づけなかったこと。今、彼の中では悔しい気持ちや情けない気持ちが渦《うず》巻《ま》いているのだろう。

「……レオン殿下……」

「……レフィーナ。正直に答えてくれる？　……私との婚約は君にとって重荷だった？　私のことが……結婚したくないくらい嫌いだったのかな？」

レオンが真っ直ぐにレフィーナを見つめてそう問いかけた。その視線を正面から受け止め、レフィーナは口を開く。

「いいえ。そうではありません。たしかに婚約破棄のためにあのような態度を取りましたが……レオン殿下が嫌いだから、という理由ではありません」

「……そう」

きっぱりと否定すれば、レオンは少し安心したように肩の力を抜いて、背もたれに体を預けた。しかし、まだ表情は複雑そうだ。

「……じゃあ、どうして婚約を破棄したかったのかな」

「……それは……公爵令嬢の生活が自分には合っていなくて……。レオン殿下に婚約破棄を申し渡されれば、貴族をやめられると思ったので……」

この理由はほんの一部に過ぎないが、嘘ではない。雪乃として生きていたときとはかけ離れた生活は、本当に窮屈《きゅうくつ》だったのだから。

レオンはレフィーナをじっと見つめていたが、やがてゆっくりと頷《うなず》いた。

「……そう……理由は分かったよ」

「レオン殿下……」

ドロシーは何かを期待するような目で見たが、レオンは首を横に振りながら謝った。

「ドロシー、ごめんね。今は気持ちが追いつかない。だから、まだ駄目だよ」

「そう、ですか……」

レフィーナをちらりと見てから、ドロシーは残念そうに肩を落とす。

そんな二人のやり取りを見てレフィーナは首を傾《かし》げた。

「あの……」

「急にこちらの馬車に乗せて悪かったね。次の休憩で戻っていいよ。……あと、少し気持ちの整理がつくまでは、そっとしておいてくれるかな」

なんの話か尋《たず》ねようと口を開けば、先回りするようにレオンがにっこりと笑ってそう言った。有無を言わさぬような笑みに、レフィーナは大人しく頷《うなず》く。

「……はい。承知いたしました」

元々こちらの事情で彼を振り回したのだ。レオンは公《おおやけ》に問題にしたり、罰を与える気はないようだが、憤《いきどお》りがなくなったわけではない。色々と複雑な心情なのだろう。

「……はぁ……。母上も人が悪い……本当に……」

そう小さく呟《つぶや》いたレオンの声は馬車の車輪の音にかき消されて、誰の耳にも届かず消えていった。

◇

馬車の中を風が爽《さわ》やかに吹き抜けていく。レフィーナはその風に導《みちび》かれるように、そっと窓の外を窺《うかが》った。

「レフィーナ、ここがロージュ草原なのね！」

隣に座るアンが同じように窓から外を覗《のぞ》いて、弾《はず》んだ声を出した。

プリローダへと無事に入国を果たし、王都へと向かう途中。レフィーナたちが差しかかったのは、ロト湖に並んで有名な景勝地《けいしょうち》であるロージュ草原だ。

見渡す限り草原が広がっており、これだけ広大な草原はレフィーナの国を含めて、近隣諸国にはない。

「あ……馬車が止まりましたね」

「そうね。さ、降りましょう」

大きな揺れと共に馬車が止まる。レフィーナたち使用人は先に馬車を降りて、草原へと足を踏み入れた。

そして、皆で協力して草の上に大きな敷物を敷く。

数時間前に出てきた街から次の街までは、このロージュ草原を挟むためかなり距離がある。朝早くから出て、夕方に着くような距離だ。

今はちょうど昼時。ドロシーがいい天気なので昼食は外で食べたいと願ったため、このような形になった。

「よし、これでいいわね」

「はい」

「私はレオン殿下たちをお呼びするから、レフィーナは食事の準備をお願い」

「分かりました」

レフィーナはレオンたちのもとへ向かったアンを見送ると、持ってきていたバスケットを開ける。そうして昼食の準備を進めていれば、アンがドロシーたちを連れて戻ってきた。

ドロシーは大きな帽子をかぶり、嬉しそうに顔を輝かせている。彼女の後ろから歩いてくるレオンはヴォルフと何かを話していた。

「レフィーナ様、準備してくださってありがとうございます！」

「いえ」

「ふふっ、開放的でとっても心地よいですね」

ドロシーは体を撫《な》でていく風に目を細めて笑う。王太子妃になってからは政治についての勉強やマナーレッスンで部屋にこもりっぱなしだったので、ここはさぞ開放的に感じられるだろう。

本当はテーブルや椅子があればいいのだが、この草原にはないのでドロシーは敷物の上に腰を下ろした。草は柔らかいし、敷物にもほどよく厚みがあるので、さほど座り心地は悪くないだろう。

「レオン殿下！　とっても気持ちいいですよ！」

ヴォルフと話し込んでいたレオンにドロシーが大声で話しかけると、レオンが苦笑しつつやってくる。レフィーナは仲睦《なかむつ》まじい夫婦の様子に微笑ましくなりながら、昼食をドロシーに差し出した。

今日の昼食は外でも食べやすいようにサンドイッチにしてある。ドロシーの隣に腰を下ろしたレオンにはアンが渡してくれた。

彼とはまだ気まずいというか、距離を置いた接し方をしている。レオンの気持ちの整理がつくまでは、こんな感じが続くだろう。

そんなことを考えていたら、いつの間にかヴォルフが隣に立っていたので、レフィーナは彼に話しかける。

「ヴォルフ様や騎士の方たちはいつ食事を？」

「馬に乗りながら適当に食べる。レフィーナたちも馬車の中で食べるんだろう？」

それは大変そうだな、と思いながら、レフィーナはヴォルフの言葉に頷《うなず》く。

そんな二人の会話を聞いていたのか、ドロシーがいいことを思いついたとでもいうように、手を合わせて口を開いた。

「そうだ、レフィーナ様やアンも一緒に食べましょう？」

「しかし……、私たちはまだ仕事中ですので……」

「……別に構わないよ。ヴォルフも座りなよ」

にこにこと笑う夫婦にレフィーナたち三人は顔を見合わせ、思い思いの場所に腰を下ろした。そして自分たちの分をバスケットから取り出して、遠慮がちに食べ始める。

「やっぱり皆で食事をした方が楽しいですね」

「ああ、たまにはいいね」

「気を遣っていただき、ありがとうございます」

ヴォルフが控えめに礼を述べる。するとドロシーは笑みを浮かべて頷《うなず》いた。

そのまま食事は和《なご》やかに進んでいき、最後に冷たい紅茶で喉《のど》を潤《うるお》す頃には皆すっかりリラックスしていた。開放的な草原と柔らかな日差しが心地よいせいもあるだろう。

「……風が気持ちいい」

レフィーナは小さく呟《つぶや》いて、どこまでも広がる草原を見渡す。深い緑色の草や、所々咲いている花が、風に合わせて波のように揺らいでいる。

上へと視線を移せば、淡い青色の空と白い雲が視界いっぱいに広がった。

「ソラ……」

晴れ渡る空を見上げれば、いつだって異世界にいる空音を思い出す。でも今は、空音のことを思い出しても寂しいとは思わなかった。

レフィーナはそっと空から視線を移し、自分の周りを見回す。

可愛らしく笑うドロシーと穏やかな表情のレオンは、仲睦《なかむつ》まじそうに寄り添っていた。

アンは楽しそうに皆に紅茶のおかわりを注《つ》いでいる。

そして最後にヴォルフを見れば、穏やかな表情でこちらを見ていた。

レフィーナとして生まれてから、たった一人で頑張ってきた。悪役令嬢の役割を終え

るまで、ずっと一人で……空音を想って、寂しさを感じながら。

でも今は一人ではない。可愛らしい主人や仲のいい同僚、そして支えてくれる恋人がいる。

雪乃として空音を助けるために転生しただけの世界が、レフィーナとして生きると決めたとき、その色を変えた。鮮やかに、明るく。

「ふふっ」

ふと、ドロシーの可愛らしい笑い声が耳に届いて、そちらに意識を移す。

「ドロシー様、笑いすぎですよ！」

「仕方ないよアン。だって、その話は面白いから……ふふっ」

「レオン殿下まで……」

「ヴォルフも面白いだろう？　アンの失敗話」

「……私はなんとも……ふっ」

「結局ヴォルフ様も！　ねぇ、レフィーナ！　レフィーナは笑わないでしょう？」

ドロシーはもちろん、レオンやヴォルフも笑顔で、いじられているアンだけが不満げだ。そんなアンにすがりつかれて、レフィーナは口元を緩《ゆる》めた。

「……アンさんがレナシリア殿下のお茶会で躓《つまず》いて、持っていた紅茶を盛大にこぼして、しかも自分でひっかぶった話なら……ふふっ……」

「レフィーナまで……！」

アンが裏切られた！　とでも言うように悲しそうな声を上げ、その場が大きな笑い声に包まれる。

楽しく穏やかな時間にレフィーナも緋色《ひいろ》の瞳を和《やわ》らげ、皆と同じように明るい笑い声を上げたのだった――……

書き下ろし番外編

メラファの話

……社交界で毒花《どくばな》と呼ばれた公爵令嬢レフィーナ・アイフェルリアが王太子との婚約を解消され、城で侍女として働くことになった。

そんな話が城の使用人たちの間で飛び交ったのは、少し前のこと。

今はそのレフィーナが城に来た初日に起きた出来事の噂話《うわさ》で、城中はもちきりだった。あの毒花様《どくばな》がいじめていたドロシーに頭を下げただの、会ったばかりのメラファを侍女長から庇《かば》っただの……そんな話が侍女たちの話題に上がる。

そして、彼女らが気になるのはその噂《うわさ》の真偽だ。だが、当事者のレフィーナに聞ける者はおらず、彼女の近くにいたメラファも部屋にこもってしまい確認できない。ますます真相が気になる侍女たちがメラファに詰め寄ったのは翌日の夜のことだった。

レフィーナが先に部屋に戻り、メラファが一人でいたところを数人の侍女によって、なぜかカミラの部屋に連行されたのだ。

「メラファ！　昨日は大変だったわね」

「噂《うわさ》は聞いたわよ、本当なの？　あの毒花《どくばな》様があんたを庇《かば》ったって！」

「私はレオン殿下やドロシー様に頭を下げたって聞いたけど！」

「……ほらほら、皆、そんなに一気に詰め寄ったら、メラファも話せないわよ」

　部屋に入るなり詰め寄られて困っていたメラファだったが、カミラの一言によって助けられる。侍女たちが納得して一歩下がったので、メラファは一息ついてからゆっくりと彼女たちの質問に答える。

「レオン殿下やドロシー様に謝罪したのも、侍女長から庇《かば》ってもらったのも、本当です。それに、今日はドロシー様とお話しされて、きちんと和解してました」

　そう言うと、侍女たちがざわめく。多くの人が何かトラブルが起きることを予想していたのだろう。もちろん、悪い意味で、だ。

「で、でも、ほら……印象をよくして反省したふりをしておけば、公爵家に戻れると思ったのかも！」

「なるほど！　それなら納得できるかも！」

「うーん……そうでしょうか？」

　盛り上がる会話にカミラが割って入り、他の侍女たちは不服そうな表情を浮かべた。

「なんでですか？　あの毒花様《どくばな》がそんな急に改心するわけないじゃないですか」

「……ねぇ、メラファ。レフィーナは侍女長の罰のこと、知らなかったのかしら？」

「い、いえ。私がちゃんと説明しました。……私を庇《かば》ってくれたときには、もう知っていました」

「それは、あれよ。まさか公爵令嬢だった自分に鞭打《むちう》ちを本当にすると思ってなかったんじゃない？」

　自分に言い聞かせるかのように言った侍女が何度も頷《うなず》く。レフィーナが改心したとは思えないようだ。

　そんな中、カミラだけは頭を横に振った。

「今日の彼女の仕事は洗濯よ。汚い水に触るし、手だって荒れるわ。でも、彼女はちゃんとこなしていたでしょ。それも、侍女長が文句をつけられないほど完璧に」

「それは……、たしかに私もちゃんと仕事をしてるところを見かけたけど……」

「そもそも、社交界で外聞も考えずに堂々とドロシー様をいじめるような人が、こそこそ企《たくら》むかしら？　汚い仕事を文句の一つも言わず、完璧にこなしてまで？　そんな性格なら最初からもっとバレないように上手くドロシー様をいじめるでしょう」

　侍女たちは顔を見合わせる。たしかに、社交界で毒花《どくばな》なんてあだ名をつけられるほどの愚行を繰り返した者が、頭を下げたり、印象をよくするために鞭打《むちう》ちを受けたりするとは考えにくい。それに、プライドが高いお嬢様がドロシーと正式に和解したり、使用人の仕事をきっちりこなしたりはしないだろう。

そんなふうに考えたのか、侍女たちは皆、口を閉ざしている。

「何を考えているのかは知らないけど、私は素直に今の彼女を受け入れるわ。私たちの仕事は高慢でわがままなお嬢様なら、一日も持たないだろうしね。それに、私は毒花《どくばな》様に何かされたわけではないし、特に嫌ってはないから。噂《うわさ》は噂《うわさ》、あまり鵜《う》呑《の》みにはしないようにしてるの」

「うーん、たしかに……それはそうかも。どちらかと言えば、ミリー様の方が私たちにたいして酷《ひど》かったわね。鼻で笑われたり、わざとミスさせて笑いものにしたり……」

「そうね。……私も思い返してみれば、舞踏会《ぶとうかい》の給仕で毒花《どくばな》様に何度か飲み物渡したことがあるけど、文句言われたことないかな」

「何かされて嫌うのは当たり前よ。でも、そうされた記憶がないのなら、もう少し様子を見てから決めてもいいんじゃないかしら」

カミラの言葉をきっかけに、口を閉ざしていた侍女たちも口々に言い出した。

メラファはカミラという心強い援軍に心の中で感謝する。

レフィーナ……いや、雪乃に悪役を頼んだつぐないとして、彼女がこれから先を生きやすいように、メラファと言う侍女に化けて城に潜《もぐ》り込んだのだから。

「……私は同室でいつも一緒にいますけど、怒られたり見下されたりしたことは一度もないです」

カミラの意見を後押しするような一言を伝えると、侍女たちも納得したようだ。仕事ができ、人望もあるカミラのおかげで、思いのほか早くレフィーナの印象は変わるかもしれない。

メラファとして彼女のフォローができるのは、ドロシーと女神の魂を引き剥《は》がすまで。力もそれまで温存しておかなければならないので、できる範囲で努力するしかない。

「じゃあ、そんなに気を張らなくてもいいかしら」

「そうですね。もし裏があっても、そんな意気込みでは三日も持たないでしょうし」

「そうよね〜、あの怖い侍女長にも目をつけられてるようだし」

「……よく考えれば、あの侍女長の方が問題よね……。鞭《むち》打ちは怖いし、地位があるから、追い出すなんてとてもできないし……」

侍女長の話になった途端に、全員がため息をついた。たしかによく分からない令嬢よりも、目先の恐怖の方が問題だろう。

「カミラさんが侍女長ならよかったのに」

「あら、私も仕事には厳しいわよ」

「でも、人の話も聞かずに罰したり、暴力を振るったりしないじゃないですか」

「それは当たり前のことですよ。……さて、皆も聞きたいことは聞けたでしょう。メラファだって疲れているでしょうし、あまり遅くまで騒いでいると侍女長に目をつけられますよ」

「げ、それは勘弁。じゃあ、メラファ、何かあったら遠慮なく言いなさいよ」

「はい、ありがとうございます」

カミラの一声でその場は解散になる。メラファも他の侍女の中に紛《まぎ》れながら自室を目指す。廊下の一番奥にある部屋の前で短く息を吐き、ノックする。中からはすぐに返事が聞こえた。

「ただいま、レフィーナさん」

「おかえりなさい、メラファさん」

レフィーナが柔らかな笑顔で迎えてくれる。すでに寝る準備が整っている状態で、彼女はベッドに腰かけていた。

「侍女仲間に捕まっちゃって。ごめんね、一人にして」

「大丈夫よ、気にしないで。……今日は仕事で疲れちゃったから先に寝るね」

「うん、おやすみなさい」

「おやすみなさい」

すぐに寝息が聞こえてくる。メラファは綺麗に編んでいた赤髪をほどきながら、そっとレフィーナに近づいた。昨日の鞭打《むちう》ちの傷は、特に問題なさそうで安堵《あんど》する。

なるべく力を温存しておきたいとはいえ、昨日の食堂の件は自分の失態。さすがにそのままにしておくわけにはいかなかった。使用した力は少しなので、それほど影響はないだろう。

「ありがとう、雪乃」

そう呟《つぶや》いてメラファは眠るレフィーナを起こさないように、その場を離れたのだった。

◇

心配していたレフィーナの環境は、侍女長が処罰されたり、王妃が直々にレフィーナをドロシーの専属侍女に任命したことで、予想より随分と早く改善していた。

まだ疑う者もいるが、レフィーナに柔らかく接する者の方が多いので、もう大丈夫だろう。

メラファとして過ごす日々は、あっという間に過ぎていく。

そして、大切な日が訪れる。……ドロシーとレオンの結婚式だ。

事前に会場である大聖堂を神気《しんき》で満たしたせいで、もうメラファの存在を維持するのが難しくなっていた。もともといないメラファという存在が、関わった者たちの記憶から薄れつつあるのだ。

鐘が大きく響き、式の開始を告げる。メラファは静かに大聖堂に入り、ゆっくりと壇上に向かう。神の力を解放しているので、その場にいる誰一人、彼女に気づく者はいない。

「……クレア」

向かい合うドロシーとレオンの前まで来ると、ずっと待ち続けた女神の名を呟《つぶや》き、メラファは静かに目を閉じた。柔らかな光が彼女の体を包み、その場に満ちていた神気《しんき》がそれに呼応するように煌《きら》めく。

そして、その光はドロシーを優しく包み込み、やがてゆっくり消えていく。

完全に光が収まったとき、メラファの手の中には一つの白い魂が漂っていた。

「……おかえり、クレア」

魂は今はまだ眠っている。手元からドロシーへ視線を移し、頬《ほお》を染め幸せそうに微笑む彼女に手を伸ばす。

「苦しいときを与えてすまない。君はもう大丈夫。幸せに過ごしておくれ」

この言葉はドロシーには聞こえていない。だが、彼女の魂が反応したのだろうか、次の瞬間、満面の笑みを浮かべた。それを見届けて、メラファは一瞬でその場から姿を消す。

大聖堂から移動した先は、もう随分と来ていない場所だ。薄い膜の上に降り立ち、横たわる本体《メラファーリル》に近づくと、クレアの魂をそっと隣に置く。

「……神……」

「アレル、君もご苦労さま」

ポンっという音と共に姿を現した小さな妖精。感謝を伝えると、彼は少しもじもじしながら口を開いた。

「雪乃のこと、どうされるのだ……？　彼女は妹が本当に大好きなのに……」

「大丈夫、分かっているよ。……幸い、まだこの姿を維持できるくらいの力は残っている。彼女には説明と……妹に会わせてあげることくらいはできるだろう」

アレルの表情がぱっと明るくなる。雪乃のサポートにつかせていたが、彼は彼女のことが大好きになっていたのだろう。

「ひとまず、戻ろうか」

クレアの魂と横たわる本体《メラファーリル》を一瞥《いちべつ》して、人気のない場所へと移動する。少しだけ力を使えば、今のレフィーナの状況が分かった。どうやら突如姿を消したメラファを探しているらしい。

「……アレル、彼女をここまで連れてきてくれるかい？」

「はいなのだ！」

自分と共に消える運命の彼は姿を霞ませながら、レフィーナのもとへと向かう。その後姿を見送り、そっと目を閉じる。気持ちのいい風が体を撫《な》でつけ、吹き抜けていく。どうやら創造主クレアの帰還に、この世界も喜んでいるようだ。

それをしばらく静かに感じ取っていると、やがて足音が聞こえてくる。

そして――

「神、連れてきたのだ」

「……ああ。すまないね、雪乃」

メラファは驚くレフィーナに向かって、柔らかく微笑んだのだった。

RC
Regina
COMICS
悪役令嬢の
役割は
終えました
{原作}月椿
tsuki tsubaki
{漫画}甲羅まる
koura maru
異色の悪役令嬢ファンタジー
待望の
コミカライズ!
神様に妹の命を救ってもらう代わりに、悪役令嬢として異世界に転生したレフィーナ。嫌われ役を見事に演じ、ヒロインと王太子を結び付けた後は、貴族をやめてお城の侍女として働くことに。どんなことも一度見ただけでマスターできる転生チートで、お気楽自由なセカンドライフを満喫していたら、やがて周囲の評価もどんどん変わってきて——?
嫌われ役は
本日限りとさせて
いただきます。
アルファポリス 漫画
検索
B6判/定価:本体680円+税
ISBN:978-4-434-28413-7

Regina COMICS
原作 夏目みや
MIYA NATSUME
漫画 文月路亜
ROA FUDUKI
異世界王子の年上シンデレラ
CINDERELLA OF THE PRINCE IN ANOTHER WORLD

大好評発売中!!
Regina COMICS
異世界でカフェを開店しました。
1〜9
原作
甘沢林檎
Ringo Amasawa
漫画
野口芽衣
Mei Noguchi
アルファポリスWebサイトにて
好評連載中！
異世界でカフェを開店しました。9
バカンスでLet'sクッキング！
初めての旅行先で海の家をオープン!?
異世界クッキングファンタジー
待望のコミカライズ！
突然、ごはんのマズ〜い異世界にトリップしてしまった理沙。もう耐えられない！ と食文化を発展させるべく、カフェを開店。
噂はたちまち広まり、カフェは大評判に。
精霊のバジルちゃんや素敵な人達に囲まれて異世界ライフを満喫します！
B6判・各定価：本体680円＋税
（電子含む）
シリーズ累計116万部突破！
アルファポリス 漫画
検索

RC Regina COMICS
最後にひとつだけお願いしてもよろしいでしょうか 1~2
原作 鳳ナナ
漫画 ほおのきソラ
待望のコミカライズ！
舞踏会の最中に、第二王子カイルから、いきなり婚約破棄を告げられたスカーレット。さらには、あらぬ罪を着せられて"悪役令嬢"呼ばわりされ、大勢の貴族達から糾弾される羽目に。今までずっと我慢してきたけれど、おバカなカイルに付き合うのは、もう限界！ アタマに来たスカーレットは、あるお願いを口にする。――『最後に、貴方達をブッ飛ばしてもよろしいですか？』
大好評発売中！
アルファポリス 漫画
検索
B6判／各定価：本体680円＋税

RC Regina COMICS
自称 悪役令嬢な婚約者の観察記録。
1~4
シリーズ累計
35万部突破!!
（電子含む）
原作＝しき
Presented by Shiki & Natsume Hasumi
漫画＝蓮見ナツメ
アルファポリスWebサイトにて
好評連載中!!
＼異色のラブ(?)ファンタジー／
待望のコミカライズ!
優秀すぎて人生イージーモードな王太子セシル。そんなある日、侯爵令嬢バーティアと婚約したところ、突然、おかしなことを言われてしまう。
「セシル殿下！ 私は悪役令嬢ですの!!」
……バーティア曰《いわ》く、彼女には前世の記憶があり、ここは『乙女ゲーム』の世界で、彼女はセシルとヒロインの仲を引き裂く『悪役令嬢』なのだという。立派な悪役になって婚約破棄されることを目標に突っ走るバーティアは、退屈なセシルの日々に次々と騒動を巻き起こし始めて――？
自称 悪役令嬢な婚約者の観察記録。
Regina COMICS
しき
蓮見ナツメ
35万部突破!!
ついにギャフンされる時が…って、どうして
プロポーズされてますの!?
大好評発売中!!
アルファポリス 漫画 検索
B6判 / 各定価：本体680円＋税

本書は、2019年12月当社より単行本として刊行されたものに書き下ろしを加えて文庫化したものです。


この作品に対する皆様のご意見・ご感想をお待ちしております。

おハガキ・お手紙は以下の宛先にお送りください。

【宛先】

〒150-6008 東京都渋谷区恵比寿4-20-3 恵比寿ｶﾞｰﾃﾞﾝﾌﾟﾚｲｽﾀﾜｰ 8F
(株) アルファポリス　書籍感想係

メールフォームでのご意見・ご感想は右のＱＲコードから、
あるいは以下のワードで検索をかけてください。

アルファポリス　書籍の感想　検索

ご感想はこちらから

レジーナ文庫

悪役令嬢《あくやくれいじょう》の役割《やくわり》は終《お》えました 1

月椿《つきつばき》

2021年2月20日初版発行

文庫編集－斧木悠子・宮田可南子
編集長－太田鉄平
発行者－梶本雄介
発行所－株式会社アルファポリス
〒150-6008 東京都渋谷区恵比寿4-20-3 恵比寿ｶﾞｰﾃﾞﾝﾌﾟﾚｲｽﾀﾜｰ8階
TEL 03-6277-1601（営業）　03-6277-1602（編集）
URL https://www.alphapolis.co.jp/
発売元－株式会社星雲社（共同出版社・流通責任出版社）
〒112-0005 東京都文京区水道1-3-30
TEL 03-3868-3275
装丁・本文イラスト－煮たか
装丁デザイン－AFTERGLOW
（レーベルフォーマットデザイン－ansyyqdesign）
印刷－中央精版印刷株式会社

価格はカバーに表示されてあります。

落丁乱丁の場合はアルファポリスまでご連絡ください。

送料は小社負担でお取り替えします。


ISBN978-4-434-28508-0 C0193